講談社文庫

春情蛸の足

田辺聖子

目次

春情蛸の足

春情蛸の足

杉野はこの年になるまで（三十九である）人に色紙など求められたことはなかった。

杉野はべつに有名人でもタレントでもない。

空調設備の関係の会社に勤めている、ごくフツーのサラリーマンである。

しかしその店のおかみは、杉野の名を聞くと、色白の頰《ほお》をほころばせ、

「あらァ……杉野さん、いわはるんですか、おたく」

と杉野の顔をおかしそうに見、更《さら》に、

「ねえ、……こちらに色紙、書いてもらわれへんかしら、ほら、あの……」

と杉野を連れていったえみ子に笑った。えみ子はこの店の常連らしいので、「ほら、あの」の意味がすぐわかったようだ。ママに、

「そやそや、書いてもらい……なあ、杉野サン」

と今度は杉野に頰を寄せるように覗《のぞ》きこみ、

「書いたげて」

女二人は、ころころと笑い合っている。

何か、事情があるらしいが、杉野にはわからない、何しろこの店は、はじめて入った店である。えみ子が連れてきたのだ。

しかし、不快ではない。何年ぶりかで再会したえみ子といるのが、杉野は何とも嬉《うれ》しいのである。えみ子も心を弾《はず》ませているのがわかる。杉野ぐらいのトシになると、女がほんとに浮き立っているのか、お愛想に機嫌良うしているのか、

（わかるんやなあ、これが。男は）

と思う。

杉野の近頃のクセとして、「自分は」というかわりに、なぜか、「男は」という、省察になってしまう。四十ちかくなったいま、自分が、自分が、の自我だけでなくて、「男だからこうなのだ」「こう思うのが男なのだ」という、客観的省察が生まれたように思う。「男はそんなわけにいかん」とか、「男はそれで通らん」とか思ったりする。しかしそれを、口に出していうことはない。

そういう省察が生まれるのは、妻と暮して十年近く経《た》ったからかもしれない。ようやく、男と女が、どれだけ違った種族か、その一端をかいまみることができた。妻の和美が面白がることが、杉野には全く興がない。杉野が「あのなあ……」と面白がっ

て話すことが、和美にはピンとこぬらしくて、「だから、どうだっていうの？」と聞いたりする。

説明する気もおこらない。

グイチ、グイチ（いきちがい）のまま、年月ばかり、やたら経つ。結婚したのは人なみの年だったが、子供の出来るのが遅かったので、男の子ばかり、四つと二歳半の二人いる。二人とも妻は三十を超えてからの出産だったから、いまも髪をふり乱して子供にかまけている。杉野はひとり、内心、（男は）という省察を強いられつつ、生きている。それは杉野の自衛手段といっていい。たとえば妻は子供が生まれてから、さっぱりと忘れたように淡泊になってしまった。

もともとから淡泊なほうだったが、いまはいっそうその気配が強くなって、和美は、わりに思ってることをハキハキいう、よくいえば率直、わるくいうと思慮《しりょ》の足らぬ女であるから、

「寝てるほうがエエ……」

なんていい、杉野をじゃけんにふり払うのである。いや、悪気のない女だから、別に悪意があってしたのではないのはわかるが、杉野は心中、瞋恚《しんい》がないといえばウソになる。

そういうとき、

(オレは腹立てとるんやぞ!)

といえば、ほんまに、腹が立ってしまう。

そうしてハキハキ言いの、思慮の足らぬ和美は、(あたしかて、一日中バタバタ働いて、疲れてるのやないの、それぐらい察してもエエやないのさ!)と、どなるにきまってる。

するとケンカになってしまうであろう。

そういう場合、拒まれた杉野は、

(腹立つんや、そういわれたら。男は)

と評論家風に、一歩退いた発想をすると、カッカしなくてよい。客観的省察は、杉野の自衛手段、というのは、そこをいうのである。

——いや、それはよい。

ともかく、えみ子と会えたのは、嬉しい。

道頓堀《どうとんぼり》のおでん屋へ、杉野は一人でふらりとでかけていったのだ。

杉野はおでん、関西でいう、「関東煮《かんとだ》き」が好きであるが、近頃、妻は時間のかかる煮たきものをしてくれなくなった。炒《いた》めるとか揚げるとか、電子レンジで、チンと解凍してスライスする、というようなものばかり食わされる。杉野は汁気のたっぷりある夕べモノにあこがれているので、週に一度はおでん屋の暖簾《のれん》をくぐらずにいられないのである。

しかしおでん屋にもいろいろある。

わりに高価《たか》くつくおでん屋もあり、タネがいいのか、酒が高価《たか》いのか、杉野はおでんなんかに、たかい金は払いたくない。

ああいうものは、庶民の夕べモノやないかと思う。白木のカウンターに、銅の鍋なんかで煮《た》かれてあるおでん、気の利《き》いた酢のものや鯵《あじ》のたたきが出て、品が良うてうまいなあ、と思っていたら、五千円も取られてエラい目にあったことがある。それはすでに小料理屋というべきで、おでん屋とはいえない。

杉野は、打水をした夕タキに、観音竹の鉢がおいてあるというような、また、紙障《しよう》子《じ》も白々と粋《いき》な戸口、などというおでん屋は、敬遠することにした。

といって、突っこみの、大きいチェーン店は、味も一律でコクがない気がする。なかなか、ここ、というおでん屋はみつからない。気楽で、たかくなくて、おいしくて、淋しすぎず、やかましすぎず、柄《がら》が悪からず気取りすぎず、という店はないものである。——そんなに注文がむつかしくては当然かもしれないが。

注文のむつかしい杉野がわりにちょくちょくいくのは、ミナミの道頓堀のおでん屋である。ここはおいしいのだが、はやりすぎて、往々、客が往来で待っていたりする。寒い時は後ろで立って待っていられるので、あまりの忽忙《そうぼう》に落ち着いて飲めない。

その夜、杉野はやっと尻《しり》を割りこませて坐《すわ》ったばかりだった。コの字型の店内はぎっしりの客で、わんわんという喧騒《けんそう》ぶり。

おでんの湯気が杉野の顔にかかる。この、はじめのときめきが何ともいえない。醬《しょう》油《ゆ》とダシの柔《やわら》かいせつない湯気が、もわーんとまともにくる。杉野はしばし瞑目《めいもく》してその匂いを心ゆくまで吸いこみ、さて、酒を注文してから、いそいそと、

「蛸《たこ》。それからサエズリ。こんにゃく」

と矢つぎ早《ばや》に頼む。

サエズリは鯨《くじら》の舌を脂《あぶら》ぬきしたものであるが、皮のコロよりも、歯ざわりがモチモチとして、何ともあと味が旨《うま》い。下手《げて》にちかいたべものながら、だしと醬油でとろとろと煮かれるとおのずと気品が生まれて、嚙《か》むほどにうっとりする旨さである。杉野は満足である。

まさにそういうとき、女の声で、

「杉野さん！」

と呼ばれたのだ。杉野は課長さんとかオジサンとか呼ばれることはあるが、女性に姓を呼ばれることはない。右手の奥に女性たちの一団がいたが、その中の一人が呼んだのだ。身軽く席を立って彼女は杉野のそばへやってくる。すぐ、杉野は、彼女がわかった。小学校から中学まで一緒だった、幼な馴染《なじ》みの、

（土居えみ子やないか）

と姓まですらりと出てくる。何年も会っていないが、スグわかった。土居えみ子はなかなか女っぷりも上がり、化粧も上手で、押出しのいい美人になっている。子供の時から、フランス人形みたいな子で、杉野は好きだったが、そのおもかげはいまもある。濃い眉《まゆ》にぼってりした唇、という、ちょっと暑くるしい顔立ちであるが、適当に頬《こ》の線も削けて、今ふうの美人にみえる。青っぽいスーツ姿だが、オナカも出ていず、ウエストが締まって脚の恰好《かっこう》なんかも、男心をちょっとときめかせるほど、すらりとしている。

（見るんやなあ、つい、全身を。男いうもんは）

と杉野は思ってしまう。

杉野の内心の省察は、常に、文法的にいうと倒置式になってるところに特徴があ

る。

「なつかしいわァ……あッとおもたわ。入ってきはったとき——何年会わへん？」

えみ子は少し酔ってるのか、杉野の肩になれなれしく手をかける。

「そやなあ。クラス会で二、三べん、会《お》うたか？」

「十五、六年会うてないかな、そしたら」

「えみちゃんは変らんねえ……よけい、美人になった」

満席なのでえみ子は立ったままだったが、

「杉野サン、どっかいかへん？　せっかく偶然、こないして逢《お》うたんやし」

「お連れは？」

「うん、もう帰るトコ。お店の人らやねんわ、洋裁店の」

しかし杉野はおでんに未練がある。好きなものをまだいろいろ食べたい。

「ほな、あたしの知ってる店へいこ」

とえみ子は杉野の耳に口を寄せてあわただしくいう。

「清水町《しみずまち》に、ええおでん屋さん、あるねん」

「おでん屋のはしごかいな。そこ、蛸やコロあるやろな」

「あるわいな」

「ほな、いこか」

と、打てばひびくように、昔のままの、幼な馴染みの言葉づかいになってゆく。與《よ》謝野晶子《さのあきこ》風にいえば、「君を見初めたその頃の、幼なごころに帰りゆく」……

小学校も中学校も、偶然同じクラス、家も近くだったというのは、兄妹ともつかず、イコト・ハトコともつかず、一種、情《じょう》の濃い間柄である。

えみ子は昔、活潑《かっぱつ》でお茶目だったので人気者だった。杉野は好きだったが、気おくれして、それに若い時は見栄っぱりとコンプレックスで、正直になれない。むしろ、仲が悪そうにみえるほど、つんとして過ごして卒業した。

何年もたってからクラス会で会い、杉野もカドがとれる年頃になり、

「僕なあ、コドモの頃から、えみちゃん好きやってんで」

なんて冗談めかしていったりしていた。

そのころかそのあとか、えみ子も結婚したと聞いたから、そんな打ちあけ話が出来たのかもしれない。

幼な馴染みは、何年会わなくても、前からのつづきが、すぐまた、はじまるようになっている。男同士にはそれがよくあるが、男と女も、幼な馴染みに関する限り、そういう間柄になるようである。

ところでえみ子の連れていってくれたおでん屋は、まさに杉野が、あらまほしいおでん屋として思い描いていたような店だった。横丁をはいったとっかかりの、十人も坐れないような小ぢんまりした店、おでんのいい匂いがガラス障子にも鴨居《かもい》にも沁《し》みついている。ママは四十五、六の太り肉《じし》のおっとりした女で、品がいい。着物の上に、上っぱりを羽織っていた。若い女の子を一人使っている。

客は、杉野たちのほかに二人ばかり、サラリーマンらしい男たちが静かに飲んでいて、さっきの店の猥雑《わいざつ》さはない。

四角い鍋に、だしがなみなみと張られている。そのだしの色は澄んで、透明で、薄い。薄味というだけで、杉野は心そそられる。御飯《めし》のオカズなら別、杉野は日本酒が好きなので、酒の肴《さかな》のおでんは、薄味で、甘くないのがよい。そのだしはいかにも気に入りそうな色をしている。

大根が薄いべっこう色に煮えて行儀よく重なっている。じゃが芋は、だしに煮含められて琥珀色《こはくいろ》である。だしはなみなみと、ごぼ天を洗う。厚揚げやこんにゃくのほかに、嬉しいことにはロールキャベツがあるらしい。それから、別に仕切りがあって、豆腐が浮きつ沈みつしている。

薄揚げをくるりと裏返して包んだ丸いものは餅《もち》のようである。干瓢《かんぴよう》で口を結《ゆわ》えられ

た袋は、ママのいうところでは、

「きくらげ、にんじん、椎茸《しいたけ》、銀杏《ぎんなん》、それに糸ごんにゃくなんていうのがはいってます。福袋、いうてますけど」

蛸やコロは串に刺されて、静かにだしの波を浴び、機嫌よく浸っている。つまりこの店では、おでん鍋を見渡して、

(うーむ)

とじっくり考える幸福がある。あんまりはやっている店であると、鍋をのぞく余裕もない。しかし杉野は、満々たるだしのお汁《つゆ》に、浮きつ沈みつするおでんダネをじっくり見、

「それと、これ。あ、それも」

と指して皿へ取ってもらいたいのである。

杉野は熱々《あつあつ》のごぼ天と蛸とこんにゃくをもらった。澄んだお汁《つゆ》も皿に少しすくわれる。汁気のない夕べモノばかり家であてがわれている杉野は、うれしくてたまらない。

蛸は、さっきの店のようにふんわり、柔かくたけていない。歯ごたえのある、緊《し》まった味で、杉野はこっちのほうがよい。すべて、凝《こ》りすぎないでシンプルで、それで

いてゆきとどいている、というのがよい。

「どう、杉野さん」

とえみ子が聞くので、

「旨い」

「よかった、またここも来たげて」

というと、ママが、色紙の話を持ち出したのである。杉野は何のことか、わからない。しかしえみ子が口を添《そ》えるので、酔いのまわった杉野は面倒になり、何を書くねん、というと、

「至誠　杉野」

と書けばよい、という。

「僕みたいな拙《まず》い字でエエのんか」

「上手やったらあかんねん」

とえみ子はげらげら笑い、ママは杉野の手もとを眺《なが》めて、彼が書き終ると色紙を押しいただき、棚の上へ押しピンでとめた。

「かなわんな、……何すんねん」

杉野はクセのある自分の字を上眼づかいに見て、恥じ入ってしまう。

「それ、ずっと貼《は》っときまんのか」

「お護符《まもり》ですわ」

ママのいうのに、このへんは××組系の杉野なにがしの縄張だそうである。よその店へチンピラが来て、「おう、ビールくれるか」と大きな態度だったが、杉野なにがしの色紙がその店にあったので、「ここ、杉野はん、来はるのんか」とコソコソ帰ったという。

ママの店へはまだそんな手合いは来ていないが、もし来たときに、「杉野の色紙」があったらエエなあ、とかねて思ってたそうで、よういわんわ。

「しかし、僕は、杉野ちがいやデ。もし知れたら怒りよらへんか、その連中」

「でも杉野サンが書かはったのには違いないんやから」

「ワヤにしよンな。けどその色紙は、いかにも見てくれがしやな。もうちょっと、さりげなく隠した方がエエことおまへんか」

「それもそうね、このへんですか？」

とみなみな大笑いになって、おかしかった。

杉野は久しぶりに笑った気がする。えみ子が座にいると、いつもにぎやかだった、昔の感じもよみがえってきて、楽しい。

客が入って来て、杉野とえみ子はいっそう椅子を近づけさせられる。えみ子は酒をついでくれて、

「杉野サン、お子さんは？」

「二人。あんたとこ、どやねん」

「ウチは子なしです。あたし、再婚してん」

「フーン」

「前のがおカネにだらし無《の》うて、賭《か》けごと好きで、働くのがきらいで。あたしに頼ってばっかりするから別れたの。いまの人は、あたしより一つ下で、主人のほうは初婚でした。もう四年ちかいです」

「それはそれは。しかしよかったやないか」

などという話を交《かわ》しながら、コロの串をくわえているのは、何とも楽しい。それに、豆腐は別の皿にゆるい白味噌を落されて、味噌おでんになって供されるのも嬉しい。杉野はこの店のすべての味が、自分に適《あ》うように思う。薄味でトクトクと煮こんだところに、えもいえぬコクがある。

「すると、あんた、いまは幸福やねんな」

「まあ、ね。とってもエエ主人で、ありがたい、思うてます。やさしいし、気ィは合

うし、どっちも陽気やから、毎日楽しいです」

「フーン」

「大好き。ノロケ言いたかったんか」

「何や。ウチの主人」

「ただね、淡泊なんです」

「…………」

「四年の結婚生活で、チャンとできたん、二回くらい」

「フーン」

としか、杉野は言いようなかった。

「あたしも再婚やから、これはおかしい、とはじめ思《おも》てん」

「フーン」

「でも、それ以外はエエ人やし、ねえ……おかしいなあ、と、あたまをかしげてるうちに、二年、三年、四年と経ってしもたン」

「フーン」

「いやわ、フーンフーン、ばっかりやもん」

「いや、そんなことあるのかなあ、思てフシギで。しかし考えたら、そういうの、今、多いかもしれへん」

　杉野は会社の男たちの誰かれを思い浮かべている。若手の男たちで、仕事はチャンとするし、頭も悪くないが、何となく影が薄くてやさしげで、男臭さが洗い曝《さら》したように感じられないのがこの頃いる、そういうようなのであろうかと、まんざら思い当らなくもないのである。

「なんでやろ、杉野サン」

　といわれたって杉野にもわからない。

「母親の教育が悪いのかな。純潔教育というか、清浄教育というか、清浄野菜みたいな男の子、作ってしもたんかな」

「あたし、いま、姑《しゆうとめ》サンとマンションに同居してますけどね。でも、そんなに異常な姑サンにも思われへんけど」

「まあ、あんたが大好きやったら、それでエエやないか」

　と杉野はえみ子に酒をついでやる。

　なんでこんな話になったのかわからないが、えみ子なら、そういう話を平気で洩《も》らして当然、という、ヌーボーとしたところがある。太っぱらというのか、あけっぴろげというのか、または杉野を男と意識していないのか。酔いも手伝ってるかもしれな

いが、

「うん。女はね、それより、ぎゅっと抱かれるとかさ、キスされるとか、そんなことのほうが、直接的な行為より嬉しいねんわ。もう、それだけで充分なン。そやから今まで保《も》ったんかもしれへん」

とサバサバいう。

しかしそのサバサバぶりは、杉野には、いったんくらりと変ると、ひたむきな情熱に変貌《へんぼう》しそうに思われる。

「そやろなあ。僕は前から、女の人には性的欲望はないんやないか、思うてた」

杉野はえみ子にならら何をいってもいいような気がしている。

「いやー、この頃はそうともいえんようになってきたわ。小説読んだり、テレビドラマの、かなりきわどいトコ見たりしてると、何やしらんモヤモヤするねん」

えみ子は片肘《かたひじ》をついて、鼻の下をこすったり、している。それが性的欲望やないかいなと杉野は思いながら、最後の御飯《めし》がわりにお餅入りの袋を所望《しょもう》する。薄揚げの中にとろりと入っている餅もいい。全く、「あたりーイ」というような店で、杉野はことごとく満足した。色紙を書かされて、チンピラよけに利用されたのは、かなわないが、まあそれもよい。

えみ子が、

「あたし、ここは払う。何やかや、聞いてもろたんやもの」

といって杉野の反対を制して、赤い財布から金を出した。杉野はもう帰るつもりだったが、

（そうもいかん、こうなると。男は）

と内心いって、自分の知っているバーへ誘う。

断るかと思ったら、えみ子はついてくる。全く、今日びの女は、酒が強い。しかも、

「あれがない生活構図では、お酒飲むのと御飯食べることに精力集中しますね」

なんていい、これにも杉野は「フーン」である。女性は異種族やと思っていたが、異種族の新種がドンドン出ている気がする。いやそれでいうと、四年に二回だというえみ子の亭主も、男の新種かもしれないが、えみ子がかなりむきつけなことをいっても、いやらしくも汚らしくも聞こえないのは、えみ子の人徳であろうか、新種のせいであろうか。

バーのとまり木に、えみ子は慣れた風に坐る。全く、今日びの女は、どこへ連れていっても、すぐさま、ぴたりとそこへはまりこんで適応する。

「杉野サン」

「何や」

「今夜、逢《あ》えて嬉しかった、あたし」

「うん。僕もやな、ええおでん屋紹介してもろて嬉しかった。あそこの蛸はうまかった。僕は口の中で溶けそうに柔《やら》こう煮《た》いたんは、あんまり好かんねん。この、どういうか、イボイボがプリッとするように、堅うなったようなんがエエねん。あの、ようはやってる店はな、蛸を特別に柔こう、煮いたんが名物やけどな、まあ、それも旨いけど、素人《しろうと》風にプリプリと堅い蛸が旨いデ。それにだしのあの薄さが、なんぼでもあと引いて食えるねン。やっぱり僕ら、酒の肴は、おでんやな。酒盗《しゅとう》やこのわた、なんてからいもんで飲むのはあかんねん。ほんまの酒飲みやないねんな——蛸いうたら、ほら、谷町《たにまち》市場の中に、明石屋《あかしや》いう魚屋あったやろ」

「はあ、ありました」

「あしこは、活《い》け蛸おいてたなあ」

「うん、台の上でごにょごにょしてたわね」

と子供のころの記憶になると話が弾む。

「僕の親爺《おやじ》が蛸好きで、酒飲みながら子供らに、蛸の足を一本ずつくれるんや、あれで蛸好きになったんかもしれへん……そうそう、しばらく飯蛸《いいだこ》、いうのん、たべてないなあ。なかに、めしつぶみたいな子ォがびっしり詰ったうまいヤツ。……」

際限もなく蛸の話をしていた杉野は、

「まあ、蛸は蛸として……」

とえみ子に柔かく腕を叩《たた》かれる。

「あたしに会えて嬉しかった、いうのは、おでん屋紹介したからだけ？」

「いや、あんたが、やな。パーッと後光射してみえるぐらい、嬉しかった」

「あたしも、そ」

えみ子は両肘をカウンターにのせて、顎《あご》を支える。

「あたし、中学のころ、杉野サン好きやったわァ。傍《はた》へ来られると、ドキドキしてた」

「そう見えなんだ。小学生の頃まではまだしゃべってたのに、中学になったら冷淡やった」

「それは胸がドキドキしてたから。――考えてみると、あたしの人生で好きな男の人と思うのは、みな、杉野サンのタイプやわ。それ、日頃、忘れてた」

「………」

「今晩、ぱっと会《お》うてわかったンよ。そやそや、今まであたし杉野サンのタイプばっかり、さがしててんわ、って」

杉野は水割りのグラスを揺らしながら黙っている。体つきばかり、いかつくて大きいが、杉野は地味で目立たない、見てくれの平凡な男で、杉野は自分でもそういう自分に安んじている。人と変ったことはしたくないし、人にも変ってると見られたくない。地味で目立たないというのは、杉野の生活信条で、美意識でもある。

彼の辞書には女から、

(今まであなたのタイプばっかり、さがしてた)

なんていわれることはのってないのだ。

困ってしまう。

色紙を書かされたことも生まれてはじめてだが、やーさん除《よ》けのお護符《まもり》だというからそれはまあ、いい。しかし、えみ子の言葉は、処置に窮する。妻の和美にもこんなことは言われたことがない。見合いをして、悪気がなさそうでハキハキと素直だったから、

(これはクセがなさそうや……これでエエ)

と思ってきめてしまったのだ。

あなたのタイプばかりさがしてた、というのは、杉野が好き、ということではないか。

〽あなたをほんとは　さがしてた……（作詞・川内康範）

という水原弘の歌が胸に浮かぶ。

（困るんや、そうハッキリいわれると。男は）

とまた、杉野は思う。杉野は、（このテのことは、すべて、ナアナアでよい。何となく、以心伝心というか、腹芸でよい）と思う、腹芸恋愛論者である。相手が返事に困ることをいってはいけないというのが、オトナの心得第一条であるのに、えみ子は「新種・異種族」のせいか、平気で放言し、うっとりと見つめ、

「杉野サン、また、会《お》うてな」

というのである。

杉野の辞書にないことが続々、出てきた。

会社へ、えみ子から電話が掛かってくる。電話を通して聞くえみ子の声は、甘ったるく、ちょっとかすれているところがいい。会社で聞くと、場違いなだけに魅力的である。

「今度の日曜、ウチへ来はれへん？　お昼御飯、食べへん？」

杉野がとっさに返事できないでいると、

「飯蛸がこの頃、お魚屋さんに出てるから、ふと思い出して。この日曜、誰もいやへんのよ。あたし一人で仕事するつもりやったけど、飯蛸見たら食べとうなって」

「飯蛸、なあ……もう春やなあ」

杉野はその日曜、妻には「会社の用事や」といって、西宮《にしのみや》にあるえみ子のマンションをたずねてゆく。

（また、行くのや、これが。男は）

と、自分で省察する。

（飯蛸、食いに……）

と自分では思っているが、

（また、そう思うて行くのや、これが。男は）

という、省察になる。飯蛸は、大阪の春の楽しみの夕べモノである。二十センチくらいの小さな蛸の、腹に、米粒を詰めたような卵がみっしり詰っている、これが旨い。日頃、杉野はそれが食べたいのであるが、妻は、

（そんな手の掛かること、してられへん）

と捻《ね》じ切るようにいう。自分で買い出しにいけばいいのであるが、ふだん、やりつけてないとおっくうである。魚屋から買ってきて煮付けないといけない。その点、ふつうの真蛸であれば、茹《ゆ》でたのを売っているから和美も時々買ってくる。その足をぶつ切りにして、醤油をつけたり、雲丹《うに》をからませたりして杉野は家で晩酌をする。汁気が足りないが仕方ない。

時には背中へもたれてくる上の男の子に、蛸の足の半分を持たせてやったりして、親爺と同じことをしている。

阪急の駅に、えみ子は待っていた。松林や桜の木の多い郊外で、空は阪神間特有の、濃い青空である。えみ子はレモンイエローのセーターに白いパンツという姿であるが、このハイカラな町ではしっくりと似合い、かえって溶けこんで目立たない。洋館や、しゃれた店が山手に向かってつづく。

（なるほど、こういうところから、「今まで杉野サンのタイプばっかり、さがしててんよ」というコトバが出てくるのんか……）

と杉野は納得した。

杉野も大阪の郊外に住んでいるが、これは阪神電車の沿線で、ごく庶民的な郊外の借家である。いまどき、庭のある借家は珍しいので、家は古いし狭いのだが、長く住んでいる。下町だから気楽で、生活に便利である。デパートや大スーパーへ出かけなくても、家の近くをぐるっと歩くと、日常の買物は、できてしまう。

その代り、

〽あなたをほんとは　さがしてた……

という、演歌の文句のようなセリフは日常次元に絶えて出てこない、現実的な町である。

「うれしい。杉野サン来てくれて」

えみ子は何のかげりもなく大喜びだった。杉野は、旦那《だんな》が出張で北海道へ出かけていること、姑が夜おそくでないと帰らないことなど、知らされる。えみ子は大阪の高名なデザイナーの店の、オートクチュールの仕事をしている。

「家で縫物ができるから……。高級服の、こまかい手仕事なんで、わりにお金になるねんわ……」

などといったりする。道は宏壮《こうそう》なお邸町《やしきまち》を通り、学校の校庭らしい横を通り、教会の礼拝堂の前を過ぎ、えみ子は案内しつつ、

「道順を口でいうの、なかなか、むつかしくて」

といいながら、やっと山手の小さいマンションに着く。

小さいがしゃれたマンションである。門の上に、金色の紋章がついたりしている。地味好みの杉野には、とても朝晩、あの金の御紋をくぐりぬけられないであろう。えみ子の部屋は六階で、廊下のすぐ前には、春の日に暖められた雑木林の山が見える。

室内は明るい。

小さい間《ま》がいくつか、あるようであるが、通されたのは日射しのさしこむ居間で、ベランダの向うに海が見えた。といっても陽光にぎらぎら光る、銀の延板《のべいた》、といった感じの海である。春先の靄《もや》が、山から水平線から、おでんの湯気の如《ごと》く、立ちこめている。

「いやあ、これはええトコやなあ。ハイ・ソサエティは違うなあ」

と杉野は感心し、こういう景色のいい、居心地のいいところに住んでいれば、それだけで満足して四年に二回にもなるだろうかと感心したり、いやいや、あれはそういう性質のもんではないはずやが、と思ってみたり、そのうちに、いくら幼な馴染みで気心が知れているといっても、密室のようなマンションの中で、二人きりでいるのは、へんな具合やなあ、と思えてきた。杉野は自分ではそんなに想像力がないとは思わないが、どうも先夜の、雰囲気のいいおでん屋を思い出し、ああいう気分の中で、えみ子に会えるように錯覚してしまったのかもしれないと思う。

しかしあの気分は、あの店のうちだけであった。あれは、太り肉《じし》で色白の、おっとりしたおかみがにこにこして、おでんのいい匂いが店じゅうに沁みついて、やーさん除けの色紙が貼ってあるという、たのしい店だったから、えみ子との間にふんわかした気分が生まれたのだ。

いま、やけに明るいマンションの居間、低いソファに坐らされて、真向かいに海を見、えみ子がキッチンから叫ぶ声を背中に聞くのは、実に落ちつき悪いものである。

「ビール飲む？」

「うん？　煙草《たばこ》は、かめへんかなあ」

と杉野はまわりをさがす。灰皿を求めていたのだが、

「あ、灰皿ないの。壁紙が汚れるので、ここへ引っ越して同時に煙草、やめたの。でも杉野サン、喫《す》うてもええよ」

「いや」

杉野はポケットへまた、煙草をしまいこむ。

ビールと小鉢が運ばれてきた。家具も絨毯《じゅうたん》も上等であるが、皿小鉢やグラスも、子のない中年夫婦らしく、凝っているようである。

そうして眉が濃く、くるくるした眼で、唇が小さくて厚目の、フランス人形のよう

なえみ子は、杉野に寄り添うように坐ってビールをついでくれる。甘ったるい声で、

「いやァ、嬉しわ、やっぱりドキドキするもん、杉野サンの前にいてたら。中学生の頃みたいな気になってしまう」

「阿呆《あほ》」

と杉野はえみ子のグラスにビールをついでやる。えみ子には沸《わ》き立つような活気があって、えみ子がそばにいる限り、「地味好み」の杉野も、気がかるがると浮いてくる。

小鉢に、飯蛸が入って出て来た。青々とした木の芽をあしらっているのも、プロ並みである。杉野は、小皿に飯蛸をとって食べてみる。ムチムチした歯ざわりの卵が詰っていて、味はそんなにしみてはいないが、そのかわり、蛸そのものの味を楽しめる。新鮮で歯ざわりもいい。

「うまい。えみちゃん、こない料理、巧《うま》かったか」

「あら、それはあたしが煮《た》いたん違《ちや》う。オカズ屋さんで買《こ》うてきてん」

――急に、汁気がない、という気がしてきて杉野は狼狽《ろうばい》する。

えみ子はキッチンから何だか盆にのせて出てくる。

「あ、もう、ええデ。気ィつかわんといて」

「ううん、これ、ね。このへんのぬくぬく弁当の、松の幕の内やねん。これ、いけるねんよ、わりに。杉野サンと食べよ、思て、買うてきたん」

「それはどうも」

えみ子が割箸《わりばし》を割ってくれて、甘ったるいかすれ声でいうのはいいのだが、

(ぬくぬく弁当、か)

と杉野はどこか撫然《ぶぜん》たる気持になってしまう。

(若いんやなあ)

えみ子と杉野は同い年であるのに、感覚がこれだけ違っている。

(手料理かと思うがな。——自宅によぶ、というたら。男は)

と省察する。しかし女は、男を自宅に呼んで、ぬくぬく弁当と、オカズ屋の惣菜をふるまおうというのだ。いまの若者の感覚である。女は若いのだ。

(古いんやなあ、同じ年齢でも。男のほうは)

とまた、思わされてしまう。

仕方ないから、ぬくぬく弁当を食べる。

まずいというほどではないが、しかし杉野にとって、お仕着せの弁当は、やはり「汁気足らん」という気味がある。

食べてしまうと、えみ子は、杉野にプレゼントがあるといって包みを持って来た。開けるようにいわれて杉野は開けてみる。春先らしい明るいグレイのベストが出て来た。

「カシミヤなのよ」

とわざわざえみ子はいい、着てみて、という。肌寒い季節にはぴったりであろう。杉野もこれは嬉しくて早速、着込んだ。ぬくぬく弁当はともかく、このベストは、やっぱり、クラスメートの贈りもの、という気がして嬉しい。しかし杉野にとっては、どっちかというと、こういう高価《たか》そうな贈り物をもらうよりは、手料理でもてなされたかったという気がある。男は、あとへ残るものより、食べてしまえば消える、そうして心づくしだけが残る、というようなのが好きである。モノとしていつまでも残るのは、あんまり好きではない。

(もろうてこんなことというたら、悪いけど、ほんまは男はそう)

と杉野は思う。しかしそれは、えみ子にいえない。えみ子は杉野が気に入ったと思い、満足そうであった。

昔のクラスメートの噂《うわさ》をあれこれしているうちに時間がたち、えみ子は思いついたように「これから神戸へいって飲みません？　ちょうど、今から行ったら夕方になるかわ」という。そういうのはよい。高価《たか》いカシミヤのベストをもらうより、よい。かつ、今度は杉野もお返しが出来る。神戸の得意先を担当していたことがあるので、元町《もとまち》にも三宮《さんのみや》にも知ったバーがあった。少なくとも、密室で二人でぬくぬく弁当を食べているという、落ち着かなさはない。

（嬉しいねん、これが。男は）

と、杉野は思う。

えみ子は白いコートを引っかけて出てくる。二人は大阪生まれの大阪育ちであるが、神戸がどれだけ面白いか、ということをしゃべりつつ、電車に乗っているうち、またたく間に着いてしまった。えみ子は時々、ひとりで神戸の雑踏の中を歩くという。

「何となしに、一人で歩きとう、なるねんわ……孤独とは思わへん。気の合う主人はいるし。でも、なんでか、どうしようもなく、世の中、空しくなってしまう。淋しィてねえ」

「フーン」

「また、フーンやのん？」

「いや、そういうのは男にもあるけど、別に珍しイこっちゃない、思て、人に言わへんから」

「杉野サンも、四年に二回のクチですか」

「まあ、ね。子供は二人やから、勘定からいうとそうなりますなあ」

「阿呆」

とえみ子は甘ったれたかすれ声でいい、その声には、いちばん感じのいい意味での媚《こ》びがある。いつまでもクツクツ笑っていて、

「ああ、好きやなあ、杉野サンて」

「そうかなあ」

「あのおでん屋で、素直に、色紙書いたでしょ、杉野サンて、昔からそんなトコあった」

「そうかね」

「何でも鷹揚《おうよう》で、素直で、屁理屈《へりくつ》もいわへんし、突っ張らへんかった」

「いや、えみちゃんに関する限り、突っ張ってたな。本心を隠してた。好きなん隠して、いつもぶっきらぼうにしてたの、おぼえてる」

歩きまわりながらそんな話をするのもいい。

盛り場はまだ早くて、店を開けていない。やっと開いてる店も、椅子はカウンター

に上げてあったり、いつもはきちんと蝶《ちょう》ネクタイを結んでるバーテンが、トレーナーで二階から下りて来たりして、ゆっくり飲める店は、ないようであった。

何より、明るすぎる。

神戸という街自体が、夕方の長い地方で、春・夏は、いつまでも昏《く》れない。杉野は古い有名なホテルのバーを撰《えら》んだ。地下のバーに入ると暗くて、外は残照があかあかとしているように思えない。隅のソファに坐ると自分の手もおぼろげなほど照明を絞《しぼ》ってあって、もう夜のムードである。

杉野はなんでこんなところまで漂流して、えみ子と飲んでるのかわからない。えみ子は飲みはじめると、杉野よりピッチが早い。家で飲むのかというと、家では飲まないという。

「みんな飲んでないのに、あたしだけ飲むわけにいかへんから」

杉野も、妻は飲まないが、自分だけ飲んでいる。男はそれができるが、女はできないらしい。えみ子はいう。

「家で飲んで酔うたら大変。なにいうやら、自分でもわからへん。言いたいこと……」

えみ子は片手で胸をおさえ、

「いっぱいある気ィする。でも、その場になると、何をいうてええか、わからへん。主人もお姑《かあ》サンも、ほんと、エエ人なの。みな、あたしにやさしいの。けど、時々、ビール瓶で、ベランダのガラス、破《わ》りとうなる」

えみ子は厚めの唇を濡《ぬ》らしている。考えこんでいるときは、唇がおのずとゆるんで開いて、少女のような面《おも》ざしになる。

「ガラス破《わ》るより、いま何でもしゃべったらどないや、聞いたげるから」

杉野は、えみ子の庇護者《ひごしゃ》みたいな気になってしまい、熱心にいう。

「そんな、モヤモヤあるんやったら、ワーッとしゃべって、発散したほうがええデ」

「こんなトコでしゃべられへん」

杉野は何となく予感があるが、何しろ、腹芸主張家なのだ。自分から口を出さない。

「わかってるでしょ！　時間、勿体《もったい》ないやないの、いこ、杉野サン」

杉野はどこへいくべきか知っている。だが、

「もうちょっと飲も」

と必死に時間をかせぐ。

「飲むもんぐらい、ホテルにもあるやないの、ねえ」

「この上のホテルにする?」

「こんなホテル、しょうないやないの、面白味ないわ、町のファッションホテルのほうが面白いやないの。いや?」

「いや、その。いややないが」

「何をうじゃうじゃ、いうてんのよ」

杉野は、「汁気たらん」と非難された気がした。

タベモノの汁気を求めるくせに、人間の汁気は干からびてる、というのか。

よっしゃ。

いこやないか。

杉野はそう思う。えみ子の言葉の中で、「時間、勿体ないやないの」というのが気に入った。こういう時間は人生にめったにない。時間が勿体ないというのは真理である。ことに女に、「時間、勿体ない」といわせるのは、男冥利《おとこみょうり》に尽《つ》きるといってよい。

(嬉しいねん、これが。男は)

と省察する。

杉野はそうきめると、もう、迷わない。これは仕事と同じで、いったん方針をきめたら、「うじゃうじゃ」と迷っていたのでは、部下がついてこない。

ファッションホテルのある場所を歩いている間も、夕暮れは長く、なかなか暗くならない。陽《ひ》が落ちているのに夕空は明るいのだから、全くいやになってしまう。

えみ子は、

「明るいうちに、こんなトコをうろうろするのはいやや」

と拗《す》ねた声になった。

「ほな、どないすんねん」

「ウチへいこ。そのほうがいい」

「しかし、いやしくもご主人のウチで」

「あれは、半分、あたしのウチやねん。頭金、半分出してる。あたしのアトリエにするつもりやったんやもの……」

二人きりでいたい、とえみ子がいうので、杉野はタクシーで戻ることにする。二人きりといったって、運転手がいるが、杉野ははじめて、えみ子の肩を抱く。片手はえみ子の手を握る。冷たい手である。えみ子は杉野の肩にあたまを寄せ、

「ねえ……」

と運転手に聞こえないようにささやく。

「さっき、ウチでねえ……」

「うん」

「こうしたかったの。それで、杉野サンのそばに、ぴたーっとついてるのに、知らん顔してんのやもの……」

「いや、オレも実は、時間、勿体なかった」

と杉野がふざけると、えみ子は含み笑いして、杉野の手の甲をつねった。

杉野の心中に、新しいときめきのかたまりがみちてくる。人生の辞書に、今までない字がどんどん出てくる。

ときめき、なんてものははじめから落丁になってたのに。

車は見おぼえのある町へ入り、えみ子のマンションが近づく。

(また、戻るんやなあ、これが。男いうもんは)

と思う。杉野は金を払った。

マンションのエレベーターまで二人は離れて立っていたが、えみ子がキイを開けるなり玄関へもつれて入り、杉野はうしろ手にドアを閉めて、どちらからともなく接吻《せっぷん》する。えみ子の活力が杉野に流れこんで、今や、たっぷりと、人生の汁気もみちみちる気がする。

えみ子が「時間が勿体ない」というのは、ほんとだった。ここへ呼んだというのは、えみ子もそうだが、本音は杉野も「こうしたかった」というところである。飯蛸なんか、どっちでもエエのだ。

二人とも、暗黙のうちに、そうしたかったのだ。

しかし、杉野は、短絡的にそうできない性格だからしょうがない。つまらぬ時間をつぶし、神戸まで行って、大まわりして、また戻ってくるという愚をやらかす。

(仕方ない。廻《まわ》り道するようになっとんねん、男は)

と思う。しかしこの場合は、男というより、杉野の個人的な性格のせいかもしれない。

えみ子の体から力が抜けて急に柔かくなり、それも可愛らしい。中学生のころ好きで、今も憎くないというのは、やっぱりこの、暑くるしいような顔の、甘ったるいかすれ声の、時々ドキッとさせることをいうような女が、もともと好きなんや、と杉野はあらためて認識する。えみ子の声は甘くて低い。

「ドア、カギかけた？」

「うん」

「あがって」

そのつもりである。えみ子は手を取らんばかりに、

「早《はよ》う早う」

せかされるのも、(嬉しいねんなあ、男には)

「早うせな、お姑《かあ》さん帰るころやから。ぼちぼち——。だから、早《は》よして」

杉野はとたんに靴が脱げなくなってしまう。脚が引き攣《つ》り、ついでに気持も攣り、顔も引き攣ってしまった。玄関に立ったまま、

「ほんなら、帰ったほうがええことないか、オレ」(それやったら、誘うな、ちゅうねん)

「まだ三十分や二十分は大丈夫よ。少なくとも十五分は大丈夫、早よあがって。そやから時間、勿体ない、いうてんのに」

えみ子が奥の部屋へいったので、その間に杉野は、そっと玄関のドアを開けて外へ出る。この人生というのは、汁気が乾くように出来ているのだ。

えみ子から会社へ、思い出したように電話が掛かってくる。この頃、ちょいちょい、ある。

「お元気ですか」

「おお」

「また、飲みにいきません？」

いってもよいが、また前と同じことをくり返しそうな気がする。お姑《かあ》さん帰らはるのとちゃうか、といいたい。

「それはそうと」

とえみ子は可愛らしいかすれ声で、

「杉野サンねえ、この前のとき」

「何ですか」

杉野はやっぱりえみ子が好きなんである、結局。えみ子の声を楽しんでいる自分を発見する。

「神戸から帰ったでしょ、タクシーで」

「ああ」

「あれ、いくらでした？」

「何ぼやったか、忘れてしもた。何で？」

「ううん、つけてるから。あたし」

しかしあの時のタクシー代は、杉野が払ったのであって、えみ子が払ったのではない。

「それはそうやけど、あたし、つけとくの、好き。杉野サンがあたしのために費消《つこ》てくれはった、と思うのが嬉しいの。杉野サンの愛情のしるしやもん。ちがう？」

この分では、この前もらったカシミヤのベストも「杉野サンのために費消《つこ》たお金」として、ノートに記帳されているかもしれない。

杉野は女性という異種族の不思議に、いよいよ感じ入ってしまう。もう汁気は人生で要《い》らん、タベモノにだけあったらよい、と思う。

ところで、この前の、あらまほしいおでん屋が、杉野には捜し出せないのだ。あのときはよほど酔っていたものらしい。今も杉野の色紙が掲《かか》げられているかもしれないが、店の名もおぼえていない。

えみ子に聞けばわかるが、「あたし案内したげる」とか、「そこで逢いましょう」といわれると、これまた、煩《わずら》わしい。

あの店の、おでんの匂いがなつかしい。なみなみとたたえられた、だしのお汁《つゆ》の中で、浮きつ沈みつするこんにゃくやコロを眺めつつ、じっくりと考えこみ、「これと、それ」と指さして皿へ入れる、あれが慕《した》わしい。

しかし、いまのところ、杉野は、よくはやってる店の喧騒の中へ、身を割りこま

せ、大いそぎで、皿いっぱいのおでんを盛ってもらい、むっつりした無愛想な主人の爺《じい》さんに、

「おでんいうのは、そない、いっぺんに盛り上げるもんと違《ちゃ》いま。一つずついうて、熱々のを食べるもんや」

と文句をいわれたり、している。一つずついうてたら、いつ口へ入るかわからぬ忙しさなのだから、しかたない。杉野はおでんの「汁気」だけを頼りに、今のところ生きている。

慕情きつねうどん

「そんな美人かいな、今度の人は」

と姉はいい、浦井《うらい》は考えこんで、

「美人、いうのんちゃうなあ、いや、まあ美人かなあ。風情《ふぜい》がええ、いうのんか」

「そら、咲子《さきこ》さんにくらべたら、たいてい美人やろ」

と姉は鼻で嗤《わら》う。

この姉は、浦井の別れた妻、咲子がキライなのである。浦井の感じでいえば、嫌いというよりもっと原初的、本能的なキライという奴なのであるらしい。姉と咲子はどだい、ウマが合わないのだ。

だから浦井が別れることにした、といったときは双手《もろて》をあげて賛成したものだ。

「だいたい、はじめからあんなんアカン、いうたやないの」

と姉はそれ見たことかという顔をする。

「下品でセンス悪うて、だらし無《の》うて無教養でグズでブスで……」

姉はズケズケ言いである。これは死んだ母親似である。両親がもう亡い浦井は何かあると姉夫婦のところへ顔を出すが、姉のズケズケ言いには、肺腑《はいふ》をえぐられる思いがする。

別れた妻の咲子はたしかにそういう欠点はあったのだが、しかし浦井がそう思うのと、ホカの人間に指摘されるのとは別の次元である。

浦井は、もう別れた妻なのに、咲子のワルクチをきくとせつない。

人のいい義兄が、いそいで口を挟《はさ》み、

「そんで、こんどの人、どこがそんなによろしおましてん」

という。義兄はべつに前妻の咲子に肩入れするというのではないが、やはり男の常としてあまりむきつけな悪罵《あくば》は聞き苦しいようであった。

「いやその、風情いうのんか、たたずまいいうのんか……」

「えらい文学的やなあ」

義兄は膝《ひざ》の上の猫を撫《な》でながらひやかす。

「何となし、しおらしいんですわ。それともう一つは『うどん』ですなあ」

「うどん」

「向うもうどん好きらしィて」

「えらい、安うつく人やな」

義兄が笑うと姉はまた、せわしく口を挟み、

「阿呆《あほ》なことばっかりいうてんと、もっと見るとこ見な、あかんがな」

この姉はリアリストである。

「その人も二度目や、いうことやけど、子供はないのんか」

「子供はなかったらしい」

「実家が貧乏で弟妹多かったりしたら、かなわんデ」

「弟妹はおるけど、みなチャンとやってるらしい」

「それならええけど、うるさい係累《けいるい》持ちは内緒で里へへそくり送ったりしていやらしい」

「…………」

「何で前の旦那《だんな》と別れたんか、よう調べたんか」

「性格不一致や、いうてた」

「興信所で調べてもろたらどないや」

「そんなこと、せえへん!」

思わず浦井はつっけんどんな声になってしまう。姉は鼻白《はなじろ》み、

「それならそれでええけど、あんたも四十二やろ、厄年《やくどし》やさかい、いうてますねん。

前みたいな失敗くり返さんように、こんどまたこの結婚、パーになってみなはれ、あたま、いよいよ薄うなってスダレになってしまう、そないなったらほんまに、嫁の来《き》手《て》、あらへんやないの」

わが姉ながら浦井はそのズケズケ言いに耳がただれそうな気がする。別れた咲子に共感するのはこんなときである。

いや、咲子のことはよい。

浦井は民江《たみえ》と、

「結婚しよか、思《おも》てんねん」

と姉のところへいいに来たのだ。

「誰ぞの口ききでっか」

と義兄に聞かれ、

「ふん。ちょっと」

といったが、実はいきつけのうどん屋で知った仲である。

しかし何となくそれは、姉にいうのをはばかられる。

「あの、趣味の会の仲間で」

「ほう。俳句とか、将棋とか、かいな。清一《せいいち》さん、えらいええ趣味持ってんのやな」

「いや、その」

——きつねうどん愛好会という趣味の会だという必要はべつになかろう。いまのところ、会員は浦井と民江の二人だけである。

浦井は咲子と別れる前から昼食は会社のちかくのうどん屋にきめていた。

「よう飽《あ》きまへんなあ」

と人にいわれるが、根っからのうどん好きなので飽きない。そこは「深川」というのだが、もう一軒、そこから先に「みよし」という店ができた。

浦井はうどん屋でも理髪店でも一たんきめると、何があっても変えたりしない男であるが、あるとき「深川」が臨時休業して、しかたないから「みよし」へいった。

ここのうどんのほうが「深川」よりおいしいと思ったので、それから「みよし」にしている。かつ、「深川」は安い店だが客あしらいがぞんざいで、「みよし」のほうがていねいである。

浦井は寡黙《かもく》でマジメで、いかつい体つき、少し出歯気味で奥眼、風采《ふうさい》を見ただけでは気性が粗放にみえるが、内実はデリケートな人種である。「深川」の従業員はみなパートのおばはんで、客がたて混んでくるとその物腰のあらっぽいことはいわんかたなく、浦井が指に挟んでいる伝票を風のごとくむしりとっていったりする。しかしその無作法はまあ許せる。

運んでくるとき、どんぶりの縁に拇指をかけ、おつゆにその指先が、ずぶとつっこまれる、めったにないが、それは許せない。

浦井にとっては、うどんのおつゆは神聖である。(カネの問題ちゃう)と思う。あの波々とたたえられた黄金色、うこん色のコクのあるおつゆを、最後の一滴まで飲み干すのが浦井のお昼の神聖な行事で、これあるがために働いているようなものだ。

浦井は、夜はうどんを食べない。うどんは昼、ともう何年もきめている。昼のうどんをひたすらおいしく食べるために、人生はある。

それほどのうどんのおつゆに、

「ずぶっ」

という感じで漬《つ》けられた指を見たとき、浦井の怨《うら》みの炎は燃え上ったのであった。

しかし浦井はまた、あきらめのいい男でもあるのだ。かつ、一応は紳士であるゆえ、

(おいおいおい……おんどりゃ、何さらしけつかるねん)

と尻をまくることはできない。前世の因縁《いんねん》とあきらめてしまう。すべて何ごともそうだ。

しかしこのたびはあきらめっぱなしになることはなく、幸い、新規開店の「みよし」が味がよく、従業員がていねいな応待なのにも気をよくした。「深川」のきつねうどんは三百五十円で、「みよし」は四百円であったが、それぐらいは問題にならない。

ところで、「みよし」にずっと通っているうち、ここ半年ばかり、週に三べんほども会う女がいて、

(うどん好きの女もいるのやなあ)

と思った。

その女はいつも一人でくる。

三十代後半ぐらい、——だろうか、ほっそりと姿のいい女である。

彼女はいつもきつねうどんを注文する。

その食べかたがまたいい。

ふっくらと煮《に》しめられた油揚《あぶらあげ》を箸《はし》でまず割り、小さくして口へはこぶ。

ゆっくりとうどんをすすり、その合間《あいま》にしずしずとおつゆを飲む。

うどんは太めで、かたすぎずふやけすぎず、だしの味がよくしみていていい匂いがする。うどんをひとすじ、ふたすじすすっては、おつゆをすする。

合間に、やわらかい油揚を箸でちぎる。また、「みよし」の「オ揚《ア》ゲサン」（大阪では油揚のことをそういう）はよくよく煮ふくめられていて、箸の先でちぎれるほど、くたくたに煮《た》いてある。

これがかたいのは、うまいきつねうどんといえない。

女はうどんをすってはおつゆを飲み、心しずかに舌つづみを打っているようである。

その、うどんに対する愛着が浦井の心を惹《ひ》く。

このごろの人間はみなあわただしく、ほんとにうどんを愛して、というような人間はいないように浦井には思える。浦井の会社の人間も「みよし」や「深川」へ来てうどんを食べるが、あわただしくせせると、ろくにおつゆに唇もつけず、さっと立って出てしまう。

若いOLに至っては、半分以上残ったおつゆに、箸紙や、口紅のついたティッシュをまるめてぽいと捨て、浦井を憤懣《ふんまん》やるかたなくさせるのだ。（オマエら、こんな美《う》味《ま》いおつゆ、自分で作れるもんなら作ってみい）と思う。

更《さら》にうどんを安い代用食、としか思わぬ男たちは、もう一軒ある大衆立喰うどん「更科《さらしな》」へいき、それもお持帰り用パック入り二百五十円のを買って、かねて会社の

湯沸室においているミルクパンを利用して、うどんを煮る。そうして、御飯に漬物《つけもの》だけ入った弁当をもってきて

「うどん定食や、安うてすむ」

といい、それも素《す》うどんにすると二百円であがるといったりし、ひたすら安い昼めしをとることしか考えておらぬようである。

それにくらべると、その女は昼どきの店内の喧騒《けんそう》からうどんの鉢《はち》を守るように抱え、うどんのひとすじひとすじをいとおしむようにする。やわらかな、まったりした奥ゆきふかい薄味のおつゆを、どんぶりを傾けて心ゆくまで飲み干す。夕べモノを大切にする、うどんに愛執《あいしゆう》する、というその心持が浦井にはじつにめでたく思われ、その姿に目を洗われる気がした。

浦井はこの頃のオナゴたちの、けんどんな動作、粗末《そまつ》な夕べモノの扱いに絶望しているので（その中には前妻の咲子もはいる。咲子はろくに料理もしなかったが、残りものは片っぱしから捨てる女で、冷蔵庫はいつもがらんとしていた）その女が、いとしむごとく、おつゆの最後まで飲み干すのを見ると、涙が出るくらい嬉しい。

（どこのどなたか存じませんが、うどん愛好者として、うどんになり代り、あつくお礼を申しあげたく……）

といいたい心持になる。その女は主婦感覚で義務的に夕べモノを残すまいという、そんな気持ではなさそうだった。嬉々《きき》として食べ、飲んでいる。会社の湯沸室でうどんを煮て、二百円のうどん定食を食べている男も、嬉々として食べているが、それは「今日び、不景気やいうけど体裁《ていさい》さえかまわへんかったら、どないでも安上りに生きていけるでェ！」

と感動しているのであって、無心に味をたのしむ境地とはえらい違いである。

浦井はそれに、その女の風情が好きなのだが、ことにそのヘアスタイルがいい。いや、ヘアスタイルというほど手のこんだものではなくて、両サイドの髪をひっつめ、それぞれ三つ編みにしてあたまのぐるりに巻きつけている。するとかきあげきれない短い髪が、うなじや鬢《びん》に垂《た》れ、風になびく。

（あれはおくれ毛というのか、ほつれ毛、というのか）

浦井は考え、あの髪型もパーマ代節約のせいかもしれぬと思った。そう思わせるような、質素な雰囲気があるのだ。顔には化粧気もなく、しかし肌はツルツルして黒い瞳《ひとみ》には力がある。眉《まゆ》はやや濃く、なめらかな黒色で、それは色白の顔をひきたてている。

口紅もつけていないが、女がいっとき上唇と下唇を強く含むと、唇にさえざえした血の色がのぼる。

白いコットンのブラウスに、薄い水色のニットカーディガン、スカートは濃いめのグレイという恰好《かっこう》である。この附近に住んでいるのか働いているのか、白いソックスに女物の突っかけはいた恰好、主婦が昼御飯に出てきたのだろうか、と浦井は思う。

美人というのでもないが、質素で清潔なところがよい。

なんのアクセサリーもつけていない。ふだん着のせいもあるが、とりあえず質素。どだいこの、「質素」という言葉が、いまは死語になってしまったと浦井は思う。人妻も娘も女子学生も、現代はギンギンになってしまった。ギンギラギンのことを、浦井は亡母の口癖《くちぐせ》で「キンキンモウモウ」といったりするが、すべて、キンキンモウモウのよそおいと化粧である。そこへくると、この女のように化粧気もなく眼元すずしく、黒髪をひっつめて、ほつれ毛だかおくれ毛だか、風にそよいでいる、それだけが色気、なんてのは、近来、見られない。

女はときどき指でほつれ毛をかきあげる。

煙のようにかかるそのほつれ毛が、世帯やつれ、という感じではなく、かえって風情があってなまめかしい。

質素だが、貧乏にうちひしがれてトゲトゲしてるという雰囲気でもない。それはうどんを一人で食べるときの楽しそうなようすを見てもわかるのだ。

浦井は「みよし」へいくと、その女の姿をさがすようになった。

毎日は来ていないが、ときによると二、三日つづくことがある。女も浦井が近くの席へくると、それとなく会釈《えしやく》するようになった。

浦井は会社のOLからは
（毎日うどんばかり食べてる貧乏ったらしいケチのオジン）

と思われているかもしれないが、同年輩のその女は、親和感を表情に浮べて会釈してくれるのである。

世は中年男がもててもてたまらぬ時代だそうである。金持は金持なりに、ない男はないなりにもてると聞いたが、浦井は離婚してひとり身になっているのに一向、いい話はこない。

それでいうと「どこのどなたか存じませんが……」という、きつねうどん好きの女だけが、ただいま浦井の人生の彩《いろど》りである。浦井はいつか彼女もまた自分に注意を払ってくれるように思ってしまう。自分と彼女は、うどんによって強い力でつながれている気がする。

その日の昼は仕事の都合《つごう》で会社を出るのがすこし遅くなり、「みよし」へいったらもう昼どきのピークはすぎていたが満員だった。その女はいる。白黒テレビが頭上にある隅《すみ》っこの席で、きつねうどんの鉢を抱えている。浦井はほかに席がなかったので、女にいった。

「よろしいですか、相席《あいせき》させていただいて」

「どうぞ」

女の声も、女らしくしおらしくてよい。

浦井は常連なので、心得てバイトの従業員はきつねうどんを持ってくる。鼻腔《びこう》いっぱいにひろがる、このうすら甘い匂いがたまらぬ。

「いや、この……いつもこれですねやが」

と浦井は照れ臭さをまぎらすようにいう。

「ここの、オ揚ゲサンが絶妙でしてなあ。……昔、『今日もコロッケ、明日もコロッケ』いう唄がはやったそうやけど、僕は今日もキツネ、明日もキツネ……」

「あたしもそうですわ。オ揚ゲサンの味、このへんで、ここが一番やと思います」

と女はいいつつ、うどんをすする。

「そうそう、このオ揚ゲサン食べて、僕はすぐ『うん、ここはホンモノや！』思《おも》た」

「そうですわね、おつゆも問題ですけど、やっぱりオ揚ゲサンが、ふっくら、仄《ほの》甘うに煮《た》いてないと。おうどんはもちろんですけど」

「そうそう。きつねの値打ちがおまへん」

なんでこない、話、合うねん。

「これはお湯煮《だ》き一時間、煮しめて一時間半ぐらいとちがいますか、落し蓋《ぶた》でトロトロと煮きこんだオ揚ゲサンですわ、この柔《やわら》かさ」

と女は、満足そうに食べつついう。

「そうそう、ちょこちょこと煮いたオ揚ゲサンは油抜きがでけてへんし、かたいし」

「飽きませんわね、ここのは」

「飽きまへん」

「毎日のように来て恥ずかしいんですけど」

そこは浦井とは少しちがう。浦井は毎日来てもべつに恥ずかしくなく、たまに一日ぬけると、店に悪かったと思ったりするくらいである。

「このあいだテレビで」

と女は晴れやかにいった。

彼女はむっつりやでもおしゃべりでもなく、適当に会話のできるオトナの女のようであった。それで浦井は彼女を所帯を持ったことのある女だなと思い、ますます彼女が好もしくなる。

「××の社長が、毎日お昼食《ひる》にきつねうどん食べる、いうて、えらいケチみたいにいわれてました」

「ほう。あの資産何百億の社長が」

「ケチできつねうどん食べるのやない、とあたしテレビ見て思いました、その社長さん、きっとおいしいから毎日食べてはるんでしょう。ね」

「そうそう」

「それ、誰かに言いとうて」

「なるほど」

「テレビ見てから、ずっと腹たててましたのよ」

「テレビ局に抗議しまひょか。『きつねうどん愛好会』としては聞き捨てならん、いうて」

愛好会が早速でき上り、会長と副会長まわり持ち、ということになる。

二人とも、どんぶり鉢のおつゆを余さず飲み、どちらからともなく顔を見合せて笑う。

「このおつゆ、昆布にうるめ節《ぶし》ですわね、……」

と女は分析するようにいう。

「でも、このまったりした味は、鯖節《さばぶし》も入ってるかしら、かなり濃厚」

といったのは、べつに浦井のせんさく欲のためではないが、

「いいえ。あたしヒトリ者ですから、なかなか手のかかることはできませんわ」

と女はいった。そうしてこの近くに義弟がパン屋の店と工場を持っているので、そこへ手伝いにいっているといった。

しゃべると口調は思ったよりハキハキと歯切れよく、おとなしい一方でもなさそうであった。アパートは塚本だという。それではこの西大阪から近い。

次の日もその次も彼女は来ていず、週がかわって顔を見せた。もらいものの鮭《さけ》が勿《もっ》体《たい》なかったので、ずっと弁当を持っていってたそうである。

そのあたりの考え方も、浦井にはまことに女らしく聞かれた。「勿体なかった……」というのが、旧弊《きゅうへい》な浦井には神々《こうごう》しくひびくのである。

「質素」というコトバと同じく、

「勿体ない」

というコトバはやはり、この世に生きているのだ！

浦井は涙が出てくる。前妻の咲子がいっぺんでもそんなコトバを口にのぼせたことがあったか。(といって浦井はそれを憎悪でもっていっているのではない、浦井と咲子は姉の思うような理由で別れたのではないのである。つまり、咲子が姉の罵《のの》るように「下品でセンス悪うてだらし無《の》うて無教養でグズでブス」だから別れたのではない、浦井は咲子のそういうところもひっくるめてみとめていたのだ)

家事は堪能《たんのう》な女ではなかったので、たしかに「勿体ない」ことをしちらかし、スナックでバイトをしていたりしたので(浦井とはそこで知り合ったのである。浦井はどうも、いきつけの店で女性を開拓する傾向があるらしい)「質素」ということも知らない。

しかしそういうのはまだよい。どうしようもないのは咲子が、

「うどんがキモチワルイ」

という女であったのだ。

そんな女がこの世にいようとは、浦井は思いもかけなかった。

浦井は結婚前まで咲子とうどん屋へ入ったことがないので、そういう咲子のクセについては全く予備知識はなかった。

「へーえ。なんででしょう」

とその女――木口民江に、浦井は離婚の理由なぞもうしゃべっている。

「こんなにおいしいものをねえ……あたしはこの店へ来られへんあいだ、もう、食べとうて食べとうて夢に見たわ」

と民江はいい、つるつるとうどんをすりこむ。

「これが食べられへんという人は、かわいそうな人や。何か子供のころにへんな思い出でもあったんかもしれまへんな」

と浦井も両手でどんぶりを捧《ささ》げて、おつゆを舌を鳴らして飲みつつ、

「この、うどんにガバッと七味をかける人もありますが、あれは邪道でんな」

浦井はけっして饒舌《じょうぜつ》な男ではないのに、こと、きつねうどんに関する限り、舌がなめらかに動く。

しかも、そのとなりに、同じような年頃の、ほつれ毛もゆかしい、しかもうどん大好きという民江がいるとなると、しゃべることはいくらでも出てくる。

先週、二、三日つづけて民江に会えなかったから、よけい顔を見たうれしさで弾《はず》み、舌軽くなるにちがいない。

「そうですね。ときどき真っ赤になるまでかけてる人がいますでしょ、あれもせっかくの持味をそこねて」

と民江はやさしく合槌《あいづち》をうつ。浦井はいそがしく、

「うどんすきはどないでっか、蛤《はまぐり》や鶏《とり》やユバ、椎茸《しいたけ》と、仰山《ぎょうさん》、具が入って……」

「おいしいけれど、ああいうのに使ううどんはみな太うて、それにコシがあって煮込んでもくずれへんところが、物足りませんわァ……」

「そのとおり、うどんの腰の強すぎるのも可愛げないですな」

「やっぱり適度に柔《やら》こうないと」

「一緒です。一緒の意見です。うどんすきに肉、魚と手当り次第に入れるのも、何や邪道ですなあ。うまいかもしらんけど、猥雑《わいざつ》の感をまぬかれません。きつねうどんのほうが純粋無垢《むく》でけだかいです」

浦井は二人そろって、うどん評論家になれる幸わせをしみじみ、かみしめる。

「それはそうと、木口さん、東京のうどん食べはったことありますか」

「いいえ。東京は存じませんので」

「ご存じないほうがよろし。あらおそろしトコや。あ、あしこのうどんは、ダダ辛《から》い生醤《きじょう》油《ゆ》の中にうどんが浮きつ沈みつしてますのや」

「まあ」

「オ揚ゲサンは奴凧《やっこだこ》みたいにかたかったし」

「落し蓋でぐつぐつ、二時間煮《た》く、というのではありませんのね？」

「なにしまっかいな」

浦井は夢中でしゃべっていて、民江が腕時計を見たのでやっと口をつぐむ。何だか話し足りないこと、話したいことがいっぱいあり、イライラするほど楽しかった。

「もしよかったら、今晩はちょっとミナミで晩めしでも。飲みはりますか？」

「あたし、ほんのちょっとなら」

思いがけなくその晩は、「たこ梅」でおでんをたべ、「だるま」でかやくめしを食べることになってしまう。民江はどちらもはじめてで、

「まあ、おいしいこと」

と、なにを食べてもいうのであった。

浦井はにこにこしているが、心の中は有頂天《うちょうてん》である。

これが浦井の夢みていた望ましき人間関係だったのだ。それで姉夫婦のところへいったとき、

「向うもうどん好きらしい」

とわざわざ喜びのあまり報告したのだ。それを、姉はよく事情を解しないものだから、係累はないかとか、興信所で調べてもらえとか、見当はずれのことばかりいって

いる。

ちがうのだ。

浦井は味覚の一致する夫婦、男女に、見果てぬ夢を抱いていたのだ。

何たって、男女二人して、

(これ、おいしいわ、ね、あなた)

(うん。うまいなあ)

というのが(浦井の感懐によれば)人生至福の境地なのだ。

その点、咲子とは八年ぐらい暮していて、スカタンだらけで、ついにスカタンのまに終ってしまった。人柄《ひとがら》はそう悪い女ではないのだが、食べるものへの関心と好奇心があまりにもない。抛《ほ》っておくとインスタントラーメンばかり食べてる女で、浦井は最後の頃には、たまりかねて自分で料理をつくって、咲子にも食べさせていた。

たべものの連想もなく、イメージも浮ばないらしくて、偏食《へんしょく》も多かった。何よりうどんがキモチワルイなんて

(許せまへん)

と浦井は思っている。しかし咲子があまりに並はずれて、食べものについて無関心なので怒るというより、感心してしまう。

そういう不幸なる過去が、いまつぐなってあまりある幸福で充《み》たされようとしている。

きつねうどん大好き人間に、味覚オンチはいないのだ。「たこ梅」の蛸《たこ》と鯨《くじら》のサエズリを、はじめて民江は食べて、

「おいしい……それに、この辛子《からし》の、ええお味やこと……」

「そうそう、ここの辛子はひと味ちがうそうや、醬油やお酢《す》、白味噌なんかも入ってるそうな」

これは店の大将の受け売りであるが、浦井はそういう話題も好きである。咲子と別れて二年ちかい間、自炊《じすい》をして料理の腕もあがってきた。

もっとも、そういう話は姉にはいえない。姉はなぜか夕べモノの話をするのは「口いやしい」ことだという偏見に捉《とら》われており、どこそこの店の何がおいしい、というような話題は道楽者というか放蕩者《ほうとうもの》の弄《もてあそ》ぶものだと思いこんでいるようである。

浦井は民江があまり、たべもの店を知らないらしいので、何だか勇み立つ気分であった。浦井もそう上等の店を知るはずはないが、小さい安い店をあれこれとさがしている。そのうち、ぼちぼちに案内してやりたいと思う。

「えっ、これ、鯨の舌？　サエズリっていうのはこれなんですか？　コロよりもち、もち

ちしておいしい……」

と喜ぶ顔を見るのは男として優越感をそそられるのである。

夫とは飲み歩いたことはあまりなかった、離婚してからは自活するのに精一ぱいで「みよし」のきつねうどんがせいぜいの日常の奢《おご》りである、そんなことを民江がいうと、浦井はいよいよあちこちと連れ廻ってやりたくなるのである。いじらしい。

道頓堀《どうとんぼり》を歩きながら民江はくすくす笑い、

「——きつねうどんも好きやけど、あの天ぷらうどんてありますねえ」

「はあ、はあ」

「あれの、揚げたて、かりっとしたのや無しに、おつゆを吸《す》うてしなっ、となった天ぷらの……」

「ふむ、ふむ」

「衣《ころも》の端《はし》なんかぐたぐたに溶けかかってる、そしてその下のうどんもちょっとノビかけたような……」

「あっ、あれ、よろしなあ」

浦井も何をかくそう、そういう、ちょっとうさん臭いヤツが好きなのだ。

「天ぷらの形が崩れかかってるような……」

「そ。そ」

「おつゆに油がぎらぎらして。もっとも、ええ油で揚げた天ぷらでないと困りますけど」

「その、ぐたっとなった天ぷらをつき崩して、うどんに箸を入れて食べるうまさ……」

「そうなのよ、浦井さん！」

浦井は民江と並んでいる側の左腕に、ほとんど激痛というようなショックを感じた。民江が彼の腕を「ばしーん！」と叩いたのだ。

浦井は内心ビックリしたが、それはどうやら民江がいささかの酒に酔って浮き浮きした結果らしいと分ると、かえってそれも心弾みのタネになる。

民江は頰《ほお》がすこし紅くなり、そこへ浦井のひそかに好きな「ほつれ髪」が乱れかかって美しい。涼《すず》しげな目元も瞼《まぶた》がやや赤らんで、上機嫌な火照《ほて》りをみせており、

「そういえばほら、素うどんに、天カスを入れますわね、それにおぼろこんぶだけ入れて食べる、あのおいしさ。天プラのカスは油の甘味、おぼろこんぶが塩気で、おつゆが複雑な味になって、あれはきつねより、おいしいかもしれへんわ、ねえ！」

また、「ばしーん！」と叩かれてしまった。

こんども半分不意だったので肋骨《ろっこつ》が折れるかと思われた。民江はどうやら、力をこめてそばにいる人間の体の一部を叩くのがクセであるらしい。

それも酔ったときのクセかもしれない。浦井はうちとけてきたらしい民江の気持のうごきが嬉しいのである。かつ、半分ぐたぐたになった天ぷらうどんの美味というのも、ほんとは浦井のひそかなる悦楽であったのだ。民江もその嗜好《しこう》があるのかと思うと、いよいよ嬉しくなり、たのしみになる。

その晩は民江を国鉄大阪駅まで送っていった。

民江はすこしまだ酔いが残って昂揚《こうよう》気分でいるのか、挑《いど》むような足取りで歩いていった。何となく電車で隣に坐った人に「ばしーん!」とやらぬだろうか、というような弾みかたである。

二、三日また民江を「みよし」で見ない。到来物《とうらいもの》が「勿体なくて」弁当持参で働いてるのかもしれない。

浦井はある晩、咲子のいる店へいった。笠屋町のビルの四階にある友人の小さなスナックを、咲子は手伝っている。「来てな」と咲子にいわれて浦井は時々顔を出す。

咲子は丸顔でちぢれ髪の、眼の大きな、唇のまるくふくれた、どことなく暑くるしい顔立の女である。煙草を吸いながら小さいテレビを見ていて客は一人もいなかっ

た。ママもいない。咲子は浦井を迎えて嬉しげに、

「いらっしゃい」

というが、ややかすれ声がかえって甘くきこえ、浦井は、昔、そこも好きだったのだ。

「ごぶさたね、元気？」

咲子は銀ラメの服を着てそれがぴったり体にフィットしてるので宇宙服のようだった。

「奥さん、見つかった？」

といいながら氷とウィスキーをがらがらまぜ合せ、

「あんたはどやねん。ええ男おったか」

浦井がいうと、

「まだお尻の疥癬《かいせん》、癒《なお》ってないもん」

「まだ癒らへんのか、それではヨメにいかれへんなあ」

二人でゲラゲラ笑う。今になると笑えるが、結婚しているときはそれもケンカのタネになった。浦井は今も忘れられない。

「メシ食うてる僕に、疥癬のクスリ、つけてくれ、いうて裸の尻を持って来るんやか

らな。あんたは非常識の親玉やった」

「へへへ」

咲子は鼻を平たくして笑う。するといかにも人のいい表情になる。

「ようおならするし、亭主の前でゲップする、イビキかく……まあ、天衣無縫《てんいむほう》な人やったわな、あんたは」

「ウチも気づまりやった、行儀ようせんならんから。あれでも気ィ遣《つこ》うててんよ」

と咲子はハスキーな声でいい、

「おかげで、離婚してから太って下腹出たわ。もう結婚なんかこりごりや」

とおなかを叩いた。浦井はふと、咲子も新しい男をつくったのではないかという気がする。

咲子と別れたのは、彼女が、

(アンタ、もうウチと居てても、面白うないのんとちゃう? 別れてもええねんし。ウチ)

といったからである。

(どないすんねん、オマエ)

(ふん、また働くわ。手伝いに来《け》えへんか、いわれてるトコあるねん)

(別れたいのんか)

(アンタがそやないか、思《おも》て)

(僕のことなんかええねん、オマエ、どや、いうねん、ヒトの気持なんか探るな!)

咲子は言葉づかいも下町的で(姉のいう下品である)ハスキーな声と投げやりな口《こう》吻《ふん》のため、あばずれに見えるが、ほんとは、かなり相手に気を遣う女なのだ。浦井はそれを知っているから、咲子が彼の気持をさきぐりしていうとイライラしてくる。

――どっちも疲れてるなあ、というのがそのときの浦井の気持で、そういうとき、咲子が(彼女のクセなのだが)持っていた箸の先で、皿を手前に引き寄せたりするのが目の隅《すみ》に入ると、

――ああ、もうあかんな。

と思ったり、した。絶えず栓《せん》のゆるい何かの瓶《びん》、蓋《ふた》を失った調味料の壺《つぼ》、食卓ふきんと下着と靴下がいっしょに廻っている洗濯機、ネグリジェにエプロン姿で、集金人に支払っている咲子、会社から帰宅してもまだたたまれていない朝の蒲団《ふとん》、なんぞ見ていると、

――これで子供でも出来てたらどうなってたやろ、
などと思ってしまう。咲子は絶えずあちこちのパートに出かけていたが、その金も

どうやって消えたかわからない。

だらしのないところのある咲子なので、縫糸《ぬいいと》の結び玉がないように、端からほどけていき、結局、浦井は咲子と一緒にいる間、貯金らしい貯金もなく、あとへ何が残ったのか分らない。

浦井はそれでもべつにかまわないが、咲子とタベモノの趣味が合わないのだけが困った。

それで別れてからは、以前よりむつまじい仲になって、ちょくちょく、この笠屋町のスナック「万里」へくる。咲子もノビノビとして「まだお嫁さん見つからへんの」などといったりする。もっとも、いまも咲子と会ってるのは姉夫婦には内緒である。ただ咲子の店へはいくが、それ以上に咲子と撚《よ》りが戻るわけではない。咲子もそんな気はないらしい。情《じょう》の濃い兄妹のようになってしまった。だから、

「実はなあ」

と浦井はいえるのである。

「きつねうどんの好きな女、見つかってなあ」

「へーえ。それはよかったやないの」

「うどんの話してたら一時間二時間、じき経《た》ってまう」

「やっぱりそんな人もいるんやねえ」

咲子は「ウチも、もろてもええ？」とウィスキーをすこし、グラスに入れる。

「その人と結婚しなさいよ、早う。それ以上あたまの禿《は》げへんうちに」

と咲子は姉と同じことをいう。いま咲子は何をふだん食べとんねやろ、とふと浦井は思う。浦井が料理をつくってやっても、咲子は幼稚園児のように、

（あれキライ）

（これキライ）

と箸ではねのけていたのだ。何を食べているのかわからないが、実際咲子はウェストがすこし太くなっているようで、それを物ともせず、肉のついたお臀《しり》をふりたて、咥《くわ》え煙草でカウンターの内をいったり来たりする。

「氷」

と浦井がいうと、

「うむ」

と咥え煙草のまま、グラスに氷を入れてくれるのも、昔のままである。

しかしもう浦井の妻ではないのだから、胃の鈍くなるような圧迫感をおぼえなくともよいのだ。

むしろかえって、咲子のそんなじだらくなしぐさに気がおちつく。

そうして、

「きつねうどん、なあ。うどんメイト……うどんの伴侶《はんりよ》……」

などと、すこし酔いはじめたあたまの中でうっとり呟《つぶや》いたりしていられる。


ふた月ぐらいして、浦井はまた「万里」へ寄ってみた。

客が店内いっぱいで、浦井が踵《きびす》を返そうとすると咲子が目顔で、もうすぐ空くから居れ、といっている。今夜は赤いパンタロンに白いセーターという姿だった。ほんとに若い男たちがしばらくすると汐《しお》の退《ひ》くように起《た》ってゆき、その中の一団にもつれて、着物姿のママも店から出ていってしまう。

浦井はカウンターに席をかわる。

「あれからお嫁さんもらった?」

いつものように咲子は聞き、例によって浦井が(そっちは?)というところだが、
浦井は、

「む? うん」

とごまかしている。

氷とウィスキーをかきまぜている咲子は気付かない。それで冗談に重ねていう。

「早う結婚しなさいよ」

「した」

「へー」

民江は渋っていたが浦井が押し切った。民江が、

(それじゃせめて、試験的に、二、三ヵ月でも住みましょうか)

といったが、

(同じこっちゃがな)

と浦井はいい、簡単な式をあげて籍《せき》を入れてしまった。

「そうか、新婚さんか」

咲子は男のような物言いをする。

「じゃ幸福ね」

幸福やからそれを報告に来たんとちがう、と浦井はいいたい。民江が豹変《ひょうへん》してしまった。

民江は僅《わず》かな身のまわりのものを持って浦井の私営アパートへ移ってきた。

「狭いけどな、どうせ二人やし」

浦井は口ではそういったが、狭いとは現実に思っていない。しかし民江はうなずき、

「マンションに、いずれ移るんでしょ？　そのうち」

「うーん。いや、それも金、要るし、ねえ……頭金の、まとまったのが」

「でも、あなたのトシやったら、それくらいのお金は貯《たま》っているでしょうに」

「いや、それが貯ってない」

「どうしてですか」

「どうしてったって、貯ってない」

「慰藉料《いしやりよう》とかにお払いになった……」

慰藉料はなかった。協議離婚というか相談離婚というか。それまでに金は浪費家の咲子がお費消《つかい》になったのだ。民江は叫ぶ。

「そんなバカな！」

浦井はまた不意を打たれて引っくり返ったのだ。民江が渾身《こんしん》の力をこめて浦井の肩を押したからである。

「浪費されないように注意していればよかったのに。あなた、夫でしょ！」

反対側の肩を突かれた。

どうやら民江は酔っていなくても、感情が激したときは、力一ぱいタッチするらしいのだ。

「痛いやないか」

「だってびっくりせずにいられますか、あたしは一千や二千の頭金は用意してはると思うたのに」

「それは無理やで。そんなに稼《かせ》げたら苦労せえへん」

「家計簿は？　今までの。あたし研究してみます」

「そんなもん、つけとるかい」

「定期でもあります？」

「入れてもすぐ解約するさかい、せえへん」

「よくもそんな、のんきなこと」

浦井はまた、撲《ど》つかれるかと肩を捻《ね》じた拍子《ひようし》に、こんどは膝を、「ばしーん！」とはつられた。

アザができたのではないかと疑う。

かつ、いつかのときのように、楽しい気分でそぞろ歩きしているときの「ばしーん」なら、よけい感興を盛り上げたであろうが、いまは憤怒《ふんぬ》と腹立ちこそ感じられるが、民江は決して面白がって叩いているのではないのである。

「給料の明細、見せて下さい。サラリーは振込ですか?」

「振込」

浦井は端座《たんざ》して書類をきびしく調べている民江が、ひょっとすると冗談でやってるのではないかと疑ったりする。それより、

「この町でうまいきつねうどんの店、みつけよやないか、あんた、パン屋さんのパートやめたらもう『みよし』も行かれへんし、二人でこの町のうどん屋さがそ」

「そんなの、いつだってできるでしょ、あたし家計の基礎を知っとかなければ」

浦井も知らなかったが、郵便局の貯金通帳や証書の如《ごと》きものが額のうしろから出て来た。

のんきな咲子のことだから、へそくりというほどのこともなく盗難にそなえて隠して、そのまま忘れてしまったのかもしれない。

「ルーズな人ねえ。だらしない!」

民江はズケズケと肺腑をえぐる強さでいう。

「ルーズというよりものんきなんや、忘れっぽくてねえ。あいつは」

浦井は思わず言いつくろってしまう。

「あなた、その人まだ好きなんですか」

「何を飛躍しとんねん、そんなん、ちゃう」

また「ばしーん」が飛んで来はしまいかと浦井は思わず立ち上って身をよけながら答える。

「みよし」でこのごろは一人、きつねうどんの昼めしを食べる。町で、民江の義弟だというパン屋の主人に会い、立話をしていて、

「ところで民江はなんで前の主人と別れよりましてん」

と浦井は聞いた。

「暴力行為があった、いうことで」

「亭主が。そら、いかんなあ」

「いや。民江さんが亭主をなぐったんですがな。肋骨折れてしもて、えらい目におうて」

あの力ではそうかもしれない。

「いっぺん手ェ出すとクセになりまんねんな。その亭主はバクチ好きやし、酒飲みやし、民江さんはよう撲《は》つってたらしい。時々、うちへ亭主が顔腫《は》らして逃げてきよった」

「物凄《ものすご》いな」

「今はそんなことおまへんやろ」

「しかし、いっぺん手ェ出すとクセになるというのはほんとかもしれまへん」

民江のいらだたしげな感情のこもった「ばしーん」を思い出して浦井はいう。

このごろは昼のたのしみの「みよし」にもいけない。民江にきめつけられてしまう。

「ゆうべの残りものがあるからお弁当つくりました」

「『みよし』のきつねうどん食いたい」

「一食浮くやないの、勿体ない」

すぐ、ばしーんとやられるねん、油断でけへん、と浦井は咲子にいい、咲子はハスキーボイスで笑う。

「その代りにお宅も、お金、たまるやないの」

小さいテレビには女の歌手の姿が映っている。咲子はそれに目をあて、

「引退するねんて、ねえ。この人」

芸能ニュース好きは昔のまま変っていないようであった。

民江とも結婚せずに、うどんメイトのままおいといたほうがよかったかもしれへ

ん、と浦井は思いながら、薄いウィスキーを飲んでいる。

しかしその考えは口に出さないで、咲子に、

「引退なんて、自分できめるもん、ちゃうがな」

といっている。咲子は煙草の煙を吐き、

「そんなら誰がきめるもん？」

「そら、他人《ひと》サンがきめるもんや。世間さんがきめるもんや」

「でも、引きぎわをきれいに、というやないの」

「それも他人サン任《まか》せでええやないか。世間がもう必要ない思《おも》たら、しぜんとはやらんようになって身を引かんならんし」

浦井が、しまいのところはぼそぼそといっても咲子はもう聞いていず、チャンネルをあちこち試みている。

引退は他人まかせ、というのも浦井は自分のことを言ってる気がしている。咲子と別れたり、民江と再婚したり、他人から見れば、変りばえもせぬことを、何を本気になって、と嗤われるかもしれない。

うどんの話を夢中でしゃべっていた民江も、

（貯金ないの？　この家には貯金ないの？）

と狼狽《ろうばい》していた民江も、本質は同じなのかもしれない。

「みよし」のきつねうどんを食べることができぬならば、家でつくってみて欲しいと浦井は民江に哀願《あいがん》するのであるが、

「たった二人ぶんのことに、油揚を二時間も煮《た》いていられない。落し蓋なんて面倒な」

などといい、この民江は咲子とちがって浦井の姉には受けがいいのである。

浦井はいまは咲子の店で時折、飲むのが唯一《ゆいいつ》のなぐさめである。しかし民江に知れたら肋骨を折られるくらいですまないかもしれない。

かなりのヤキモチやきのようにも思われる。

浦井は薄い水割りを飲みつつ、まったりしたきつねうどん、とろとろの天ぷらうどんの味をしのび、

（引退も他人《ひと》まかせやし）

などと思いつつ、体は止まり木で、ゆらゆら揺れているのである。

人情すきやき譚《たん》

「あなた。煮えたわよ」

と妻の令子がてきぱきという。

鶴治《つるじ》は、むむとか、ムグ、とかいうような声を出してしまう。これがもし、（アンタ？）といわれたのなら、（オイや）とか（そや）とか、（うん）とか、すぐ出たであろうが、どうも「あなた」にはいつまでたっても慣れない。大阪弁には、「あなた」というコトバがないのである。妻は東京女であるから平然と、「あなた」というが、鶴治は結婚して二年もたつのに、まだ居心地わるい。「あなた」といわれると誰のこっちゃい、と思う。

これが若い者なら、もっと早くに馴《な》れたろうと鶴治は思う。若い者ならかなり標準語馴れというか、標準語ずれというか、わりに芝居がかったコトバを平気でいうようである。

いやんなっちゃう、とか、そうなんだよ、なんていうようであるから、「あなた」と妻に呼ばれて、「こら、目新しい」と喜ぶかもしれないが、なんせ鶴治は四十一の男なのだ。

人生の好みができあがってしまっている。

どうしようもない。まだしも「コチの人」と呼ばれるほうがましや、と思ったりする。

子供でもできたら「お父さん」になるんだろうが。

鶴治はそれに、「煮る」というコトバも落ちつかない。大阪弁は、「炊《た》く」というのである。御飯もオカズも、「炊く」ですませてしまう。「たけたわよ」が耳なれてよい。

更にいえば、妻のてきぱきぶりも、鶴治はおびやかされる心地がする。人間にとって必要である以上に、白黒がハッキリした口の利きようである、と、そら恐ろしくなる。

鶴治は生まれてから、

「そうでんなあ……まあそらナンでっけどそのうち、あんばいナニして、いずれはナニせな、あかん思うてますけど……」

などという文化圏に育った男であるから、いつもやりこめられている気になる。

「大坊《おおぼ》ンちゃんに、ものすごい女房《よめはん》きはった」

と鶴治の親類はびっくりしている。鶴治の家は今は見るかげもなく、ノレンもたたんでしまっているが、戦前までは古い老舗《しにせ》の紙問屋であった。四十になった鶴治は、親類の老人たちからいまも「大坊ンちゃん」とよばれたりする。次弟は「中坊《なかぼ》ンちゃん」で、末弟は「小坊《こぼ》ンちゃん」である。弟たちはみな疾《と》うに独立し、世帯を持っている中年男であるが、法事などで親類があつまると、「大坊ンちゃん、中坊ンちゃん」などと老人連に呼ばれている。

大坊ンちゃんたる鶴治は、おっとり、とろんとした男のように、一族から見られている。

三十九まで結婚しなかったのは、親爺《おやじ》やお袋が生きていて、もうノレンもおろしているのに、家柄だとか釣合とかをうるさく言ったからである。鶴治はサラリーマンになっており、天満《てんま》の伝来の土地も売ってしまったのに、年寄りはまだそんなことをいっている。鶴治の弟たちはさっさと早くに家を出て、結婚してしまった。

戦前に天満の店とは別に、武庫川《むこがわ》沿いの自宅を建てており、これが幸い焼け残ったので、ずっとここに住んでいた。しかし両親同居という条件のせいか、ちっとも話がまとまらぬままに、鶴治はトシをとってしまった。

若いころの鶴治はわりに女の子にもてたほうで、中肉中背だが、色白で特に口元が何ともいえず可愛い、ということになっていた。

大学時代に、バイトで勤めた会社の女の子に迫られた。酔っ払ったその女の子は、むりやり鶴治にキスして、

「尾上《おのえ》サンのこの口元が、何ともいえず可愛いねんわ」

といった。「唇を奪われる」というのは、ふつうは女の場合をいうものなのに、自分の場合は、男が奪われる憂き目を見るのやな、と鶴治は発見したりした。

それからあともいろいろあったが、親爺やお袋がうるさく出しゃばって、どれも実らないままに流れてしまった。

百合枝《ゆりえ》のときは、鶴治は結婚してもよいつもりでいたのであるが、お袋が調べてきて、「お父さんがいやはらへんのやったら、片親やな、片親の娘はんはあきまへん。それにあこの惣領の兄さんは学校出んとブラブラしてはるそうな。男兄弟いうのはチャンとしてないと先々困りまんがな、何いうてこられるやわからへん。お父さんはガンで死なはったそうな、遺伝してもかなわんで」と先々の心配までした。百合枝は鶴治がスナックで知り合ったデパート店員である。団扇《うちわ》に目鼻をぽつぽつとつけたような、顔の大きい、腰の太い女の子であったが、まったりとこせつかないところがあって、鶴治と気が合い、鶴治は気に入っていたのだ。ぽつぽつとついている、小ぢんま

りした目鼻が、わりにととのって、よく見ると感じがよかった。

おとなしいので何を考えているのか分らないところがあり、

「やっぱり、アカンわ。どうする……」

と鶴治がいったときも、

「ふん……」

と黙って考えていた。そうしてしばらくして、

「しゃァないなあ、おろすわ」

と平静にいった。

結婚できたら産もか、といっていたのだが、お袋の様子ではとても許す見幕ではなく、鶴治も、両親を捨てて家を出るという気になれないのである。

もう何も実体はないのに、紙問屋の「尾上堂」のあととりの大坊ンちゃんや、という意識はどうしても抜けず、自分でもいやになってるのに、両親とたくさんの位牌《いはい》と仏壇、柿色のノレンと古い書付《かきつけ》を押しつけられて逃げられない。

「ごめんな……怒らんといてや」

と百合枝にいうと、

「しゃァないなあ……」

と言葉少なであったが、大阪の女の子には案外、無口な子が多い。鶴治はそれでも、

「僕の力足らんよってに辛《つら》い目ェさせてかんにんしてや、けど、家も抛《ほう》られへんし、いうそないいうて、決して平気であんたのこと抛《ほ》ったらかしするのんとちゃうねん、いうたら、ハラワタちぎれそうな思いやねん、きっとこの埋め合せはさしてもらお、思うけど、いまは僕かて板挟みやねん、ひたすら詫《わ》びるしかないねん。こんなつもりやなかってんけどな」

とツツいっぱいのクドキをいった。

それは本当の気持ではあるが、お袋の反対で百合枝と結婚できなくなったのを、いちめんホッとした気味もある。百合枝がきらいではないが、このまま一生百合枝に縛《しば》られるのかと思うと、早まった気もする。まだぐらついてるときだったから、自分でもよくわからない。

百合枝は鶴治の弁解に、ちょっとうなずき、

「ふん。わかってる」

といって、怒り散らしたり、わめき叫んだりしないのだった。

手術をした病院へ、さすがに鶴治はようついていかなかったが、迎えにはいった。

「家まで送ったるわ」

というと、百合枝はコートに手を通しつつ、

「それよか、いこか」

というのである。

「どこへ。酒、まだ飲まれへんのやろ」

「ホテルや」

と百合枝はフツウの顔で、しれっとしていう。鶴治のほうがびっくりしてしまった。

「そんなん、してかまへんか」

「かめへん」

「怖いがな……体に障《さわ》るデ」

「ええねん、いうたら！」

「いやや、怖い」

鶴治はほんとに怖くなってきた。

おとなしい大阪娘は何を考えているか分らない、そう思った。何だか百合枝の顔を見るのも怖くなって、そんなつもりではなかったが、それきり別れてしまった。

どうも鶴治には「そんなつもりではなかったが」ということが多いようである。

妻の令子のときも、そういえばそうだ。令子は東京の小間物問屋の娘で、仲人をしてくれた遠縁の老女は、

「お花の先生らしいおます。仕事で婚期おくらしはった、いうことで。けど別嬪《べっぴん》さんで、お若うみえはります」

といった。一つ下だという。鶴治はもっと若い娘をもらうつもりでいた。おのずと、古いうちを継いでる気があって、子供をつくって、あとを取らそうと思うのであった。だから二十代の女と結婚したいと思ったのだが、そういう若い子は、ポチャッと中年太りしはじめた鶴治など見向きもしてくれない。口元が何ともいえず可愛い、なんていってくれる女が、もはやあるはずもない。え？　口がついてましたっけ、というような感じである。中年男がもてるというが、それは恰好《かっこう》のいい男であって、かつ、世帯持ちのほうが魅力的にみえるらしい。
三十七、八になってまだ独身で、色白、ぽっちゃりして、おっとりと品はいいが、やさしい物腰の「大坊ンちゃん」は、いまどきは、
（ゲイちゃうか、まだ独身やなんて⁉）

と女の子に思われるらしく、百合枝のような子さえ現われてくれない。数えきれず

お見合いしたが、みな断られてしまう。お花の先生だという令子は、東京育ちというところが、少し不安であったが、会ってみると二十代にしか見えなかった。東京弁が可愛らしく聞こえ、仲介の老女は、

「いうたら何やけど、大坊ンちゃんのお母ァはんが高望みしやはりましたわ。もう、ふた親送りはったんやよって、大坊ンちゃん、ええ思わはったら、手ェ打ちはったらどないだす、ここらで」

といった。大阪へ来るのか、と令子に聞くと、「関西にお花の流儀を拡めたいので、かたがた、いく」といい、お花の仕事はつづけさせてくれ、というのが唯一の条件だった。

関西にお花の流儀は多いのに、何やろ、と思ったが、お花の先生、というぐらいだから、家庭内の仕事も堪能だろうと思って、鶴治は結婚した。

結婚してからわかったのだが、彼女のお花は、「フラワーアレンジメント」というヤツであった。針金やタワシ(と、鶴治にはみえる)の如《ごと》きものをくりつけたり、ぶら下げたりし、その根元に小菊など挿しこんで、

「作品A—A′」

などというタイトルがつけられているのである。鶴治から見ると粗大ゴミのようで

ある。

武庫川べりの家は純和風であったが改築して茶室をアトリエにし、鶴治は日夜、耳なれぬ東京弁と、彼女の芸術に攪拌《かくはん》されることになってしまった。電気鋸《のこ》の音や、カナヅチの音が絶えずして、

「あなたッ！」

と呼ばれ、ハッキリした語尾で、論旨明快で、きめつけられるようにモノをいわれると、

（こんなつもりやなかってんけどな……）

という気になる。鶴治の一族には誰も東京弁の者はいないので、みな代る代る来ては、「そうじゃないわ」「あら、いやだわ」「つまらないことといっちゃった」「おどろいちゃった」「お止《よ》しになって」などという令子の東京弁をフランス語のように楽しみ、にこにこして帰っていった。令子は鶴治の縁戚に好意をもって迎えられたと思っているかもしれないが、一族の者は「大坊ンちゃんに物凄《ものすご》い女房《よめはん》きはった」とびっくりしているのである。言葉がめざましいことは「物凄い」ことなのである。鶴治にこっそり、

「東京弁いうたら、やっぱりテレビと一緒どんな、大坊ンちゃん」

といって帰ったのは京都の大伯母であった。この大伯母は九十ちかいが好奇心の旺盛なお家《いえ》はんである。

令子が、

「あなた」

と大坊ンちゃんを呼ぶ、というのも一族の評判になった。一族の若い者は、大阪弁に「あなた」がないので「ヤスオさん」とか「マサオさん」とか名前を呼んでいるようであった。一族の中で「あなた」と妻に呼ばれたのは鶴治がはじめてだという。

「おばさま、どうぞごゆっくり。わたくし、仕事がありますので失礼しますけど」

と令子がアトリエへ籠《こも》ってしまうのも、一族にすれば「物凄い」ことなのである。

しかし鶴治にとって何より物凄いのは、タベモノの味が全く違うことだ。

鶴治は令子の言葉に違和感があるが、それから「作品A—A′」にもなかなか馴れないが、細おもてで薄手なつくりの、いかにも関西のタイプとちがうという美人の令子を見ていると、なるほどこういう顔から、あのコトバが出て来、あのややこしいフラワーアレンジメントが生まれるのか、と納得する気でいる。

令子はどんなつもりで鶴治と結婚したのか分らないが、見合い結婚らしくつつましいところがあって、そこは鶴治の気に入っている。男は鶴治が初めてではなさそうだ

が、令子も年が締っているから、そのぐらいの経験はあるほうが自然である。しかも、彼女には、

（あんまり使うてないよって、傷《いた》んでない）

という感じがある。それが鶴治には満足である。鶴治は感度の鈍そうな処女というのが、いちばん当惑する。

そのへんはいいが、夕べモノの味のかわったのは悲しい。すべて辛《から》すぎる。鶴治は料理が失敗したのかと思い、「ちょっと辛うないか」と遠慮がちにいったが、令子はそんなことはないという。

「もっと薄味のほうがええけどな」

「へんねえ、そのくせ、卵焼きにお砂糖入れないほうがいいっていったじゃない？」

「卵焼きに砂糖入れるもんが、どこの世界におまっかいな。思《おも》ただけでも気色悪いがな」

「白味噌の味噌汁なんて悪夢じゃないかと思ったわ、あんなに甘ったるいのを食べるくせに」

令子はすぐさま反駁《はんばく》し、鶴治はいささかいが怖いので口をつぐむ。

しかし卵焼きも白味噌汁も物の数ではなかった。

すきやきの味が、てんで違う。鶴治は学生っぽい好みがあって、すきやきが好きなのだ。

はじめて令子がすきやきをつくったとき、鶴治は期待にみちていそいそと食卓についた。

しかし令子が用意している野菜の大皿を見て、不吉な予感に胸がとどろいた。

令子はすきやきの準備に没頭している。その、没頭しているさまがよい。一心不乱に手を動かしている。令子は台所で働くときは、髪をまとめ、エプロンをつけ、口をひきむすんで、仕事は早い。

鶴治はその姿を愛している。令子の芸術「作品A—A′」が分らぬのと同じくらい、令子のこともよくまだ分っていないが、しかしこの家に住んでわが家と思うのか、掃除機を扱っていねいに掃除し、籠《かご》を提《さ》げて買物に行ったりする彼女の姿を、

(ええなあ)

と思っている。一心に作って手ぬきしているわけではないので、タベモノの味がちがってもしかたない。少しずつこちらのいうようにしてくれるであろうか、それとも、こっちの味覚がうつりかわってゆくであろうか、とあきらめているのだ。鶴治は長い独身生活だったので、女がいそいそと家の中を駈《か》けずりまわっているのを見るだ

けでも、色めきたってしまう。少々の味のちがいは、どっかへ飛んでしまう。

しかし、すきやきは、ちょっと、これは話がちがい、これがまずいと目の前が暗くなる。

すきやきは鶴治の好物で、大げさにいうと生きる希望である。

大阪人がこれだけは譲れぬという、うどんのだしの味は、あれは家庭では作れないから外へ食べにいけばよい。しかしすきやきのように、家でたべるものがまずかったらどうしようもないわけである。

鶴治は母親の作っていたすきやきを考えているのかもしれないが、令子のほうも、たぶんそうなのだろう。

大皿には白菜のざく切りが山と盛られている。それに菊菜《きくな》と玉葱《たまねぎ》が添えられている。更にえのきだけと生椎茸《なましいたけ》、糸ごんにゃくと白い豆腐、白葱、それらのものの上に、花形に刳《く》り抜いた人参が飾られていた。

鶴治はハラハラする。賑《にぎ》やかすぎる気がする。

令子は鉄鍋を熱してヘッドを塗り、竹の皮の内に並べてある牛肉と白葱、玉葱を敷いて、そこへざぶりと、「わりした」をまわしかけた。

煮え上がると、野菜を抛りこみ、湯をさしまわして、

「煮えたわよ」

と促す。

鶴治は、すきやきでゴハンを食べるのを無上のたのしみにしているのである。酒をあまりたしなまない鶴治は、ゴハンをすきやきで食べるというのが、ただいまの人生の最高の奢《おご》りである。「すきやきのときは、金かけて、ええ肉にしてや」とあらかじめ言ってあるのだ。牛肉は、たしかにいい霜降りの肉である。

しかし鉄鍋の中で、白菜や玉葱、椎茸、人参といった「異物」に揉《も》まれ、それは不本意な顔をしているように思われた。

おそるおそる一箸《ひとはし》、つまんでみて、

「砂糖屋の前、走ったみたいや……」

とつい、情けない声が出た。

「辛い」

「また、辛いんですか、おかしいわね、かなり甘くしたはずだけど」

「人参が……」

「人参がどうしたの」

「これ、入れると味がかわるねん」

「ほんの彩りに入れただけよ」

「牛肉と合わんように思う。白菜も水っぽうなる」

「そうですか、いつもこうやってたけど」

「生椎茸、いうのも具合わるい」

「……………」

「菊菜も邪道や。白葱より青葱のほうがええ」

「あれは柔かすぎて」

「豆腐も焼豆腐がええ」

「……………」

「糸ごんにゃくも、もっとたくさん」

「糸ごんにゃくって、しらたきのこと？」

「そや。それに麩《ふ》ゥないか、麩ゥなかったら、すきやきにならへん」

「……………」

「わりした、いうのはあかんねん」

ついに泣き声が出た。

せっかくおいしく炊いたすきやきでゴハンを食べようと弾んでいたのに、ざく切りの白菜や花形人参などが鍋にあふれかえっていては困ってしまう。とろっとして、おっとりした大坊ンちゃんも、すきやきがまずくては泣くに泣けぬ思いであるのだ。

「じゃ、どうやってつくればいいんですかッ！」

令子は箸を置いて切口上でいった。

怒っていうのではないであろうが、どうしても東京弁は切口上に聞こえて、叱《しか》られてるような気になる。

「いや、まずい、いうてるのやあらへんのや」

鶴治は狼狽《ろうばい》する。瞼《まぶた》の皮の薄そうな、唇のひきしまった、「関西にないタイプ」の美人の妻に一心不乱にみつめられると、何だかこちらに落度がある気がして、うろたえてしまう。大阪者は、東京弁を浴びせられると、塩をぶっかけられたナメクジみたいにひるむところがある。

「まずいのやあらへんのやが、味がちがうのや」

実は鶴治は料理ができない。そこが大坊ンちゃんたる所以《ゆえん》で、お袋の生きてるときはお袋が、亡くなったあとは遠縁の婆さんが、家のるす番かたがた来てくれて、食事も作った。

「大坊ンちゃん、今晩なにしまほ。なにおあがりやすか」

などと聞く。考えるのが面倒臭いときは、

「すきやきにしてんか」

といっていた。

「よう飽きずにたべはりますな」

「いちばんええ肉にしてや」

「よろしおま」

「勿体《もったい》ないけどな」

「大坊ンちゃん一人ぐらいのこと、知れてまっしゃないか」

鶴治が帰宅すると、顔を見てからたきかけてくれる。顔を洗ったり、服を着更《きか》えたりしているあいだにできあがって、すきやきはぐつぐつと煮えている。ビールを小瓶一本ぐらいあけて、ゴハンで食べるすきやきは無上の楽しみで、婆さんは満足そうにその姿を見やりつつ、

「早う、おくさん貰《もら》いはらな、あきまへんなあ」

といっていた。そのころは鶴治は、女房をもらったら、いつもこんなすきやきを食べられるものだと思っていた。婆さんのすきやきは、お袋のすきやきと全く同じ味だったからである。こってりと甘辛くたいてあって、肉も野菜も申し分なかった。

しかし自分がつくるつもりで見ていなかったので、調理手順については自信がない。とにかくこんな、白菜や人参は入ってなかったと思う。玉葱も目障りである。

「鉄鍋で、まず肉を炒《いた》めとったように思う」

「焦げつかない？　味付けはいつするんですか」

「肉を炒めて、先に砂糖をまぶしとったように思う」

「いやだ、お鍋の中へ砂糖を」

「ように思うんやけどな」

「そんなところへ麩を入れてどうするの」

「麩ゥはもっとあとやったように思うが」

思うことばかりである。自信がないから、「なんや違《ちご》たように思う」といっては「じゃ、どうやって煮るんです」「煮るんやない、炊くんや」のくり返しで二年たってしまった。

そうしてそれなりに、令子のわりした式すきやきが鶴治の家に定着してしまった。いまは鶴治が、生椎茸や人参という「異物」をやかましくいって取り除かせたので、わりしたながら、まあまあという味に炊けている。

しかしながら、お袋や遠縁の婆さんの味は、「幻のすきやき」になってしまった。

鶴治はひそかに、令子のつくるすきやきを、「死んだすきやき」といっている。

弟のうちへ電話して、

「オマエとこ、どんなすきやきしとんねん」

と聞くと、弟は、

「ウチは東京式やな、味つけの汁つくってそれで炊いとる」

という。弟の嫁は関西ニンゲンであるが、関西式に、派手に鍋でいためると、部屋が汚れるといっていやがるそうであった。

「同じような味やろ、どっちにしても」

と弟はいうが、小さい子供がいっぱいいて、落ち着いて食べられない弟の家では、こまかな味のちがいは、わきまえられる筈《はず》はなかろう。しかし鶴治はちがう。幻のすきやきを再現したいと思う。どこがちがうのか、あるいは弟のいうように同じ味なのか。

しかもなお重大な軋轢《あつれき》が、すきやきのために夫婦に生じた。いったい鶴治がすきやきを好きなのは、そのあとの汁にあるのだ。鶴治はその汁に残りごはんを入れてよく味をしみわたらせ、さっと炊きこんでたべるのを楽しみにしている。これこそ、すきやきの功徳《くどく》というものである。

それを、令子は思い切りよく捨ててしまうのだ。鶴治は前夜の鍋ののこりを冷蔵庫に入れておいたのに、帰ってみるときれいに洗われていて、

「なんでそんなん、するねン……」

とまた泣き声が出る。

「だって、もう、お肉も野菜もないわよ」

令子がぶっちぎるようにいう。いや、これも別に、そんなつもりではないのであろう。しかし大阪人が「ないわよ」を聞くと、ミもフタもない、という感じに受けとられる。鶴治はひるみつつ、

「お汁《つゆ》が残ったァったやろ……」

「汁《しる》、ったたって少しよ」

しる、なんていうもんやない、おつゆや、と鶴治は思いつつ、

「そのおつゆが貴重なんや……まあ、よろし、今度から残しといてや」

「お鍋が片づかないじゃないの、いつまでも」

「すんまへん」

片付きゃいい、ってもんやないやないか、と思うが、大坊ンちゃんとしては反撃しないわけである。ひたすら、すきやきのあとのめしを食べたい一心なのだ。次の機会

に、やっと残されたおつゆを、翌日、鶴治はすきやきライスにした。青葱が黒くなってこびりつき、脂《あぶら》が固まって白くなっている鉄鍋の、底の凹《へこ》みにほんの少し残ったおつゆに湯を、ゆらゆらと注ぐ。火にかけて静かに脂を溶かすと、昨夜の歓楽の残りの煮汁が、ひたひたといい匂いがして浮き出す。そこへ御飯を入れるが、この量に心すべきである、と鶴治は思っている。お汁《つゆ》の残りより御飯が多くては味がゆきわたらず、少なすぎては汁かけめしという風情《ふぜい》になる。これは雑炊ではないので、お汁《つゆ》と御飯がほどほどにゆきわたり、うるおっているようであらまほしい。糸ごんにゃく（白滝、という名の方が美しいのに、鶴治は頑固に糸ごんにゃくという）のちぢれた二すじ三すじ、くたくたに炊かれた青葱、焼麩のかけら、肉の屑《くず》、焼豆腐の半かけ、そんなものがまざって何ともいえぬ美味《うま》そうな匂いである。

このとき、汁の残り具合を見て卵を落してもよいが、はじめに卵を落すと、貴重なる肉汁がしっとりと御飯に沁《し》みない憾《うら》みがある。——鶴治はあいかわらず料理はできないのだが、すきやきめしだけは、令子がどうやって作るのか分らないというから、手を下すのである。

「犬のエサみたいね」

と令子はいうが、こんな美味いもん、ないねンから。ここへうどんを入れるやりか

まう。
は、いつもの茶碗などで食べると、ほんとに犬のエサ風にみじめったらしくなってし
などと鶴治は講釈を垂れつつ、洋皿を出して来て盛り、スプーンで食べる。これ
「あんまりええ利用法とはいえんなあ」
たもあるが、うどんはお汁《つゆ》を吸うから、

「こんなうまいもん、ないねンから……」

といいつつ食べかけ、鶴治は口をつぐんだ。

思っていた味ではない。

やっぱり、どこか違う。大元のすきやきが釈然としない味なので、その残りものの貴重なお汁《つゆ》まで少々、からい。

鶴治はまたもや泣きたくなってくる。だんだん口少なになって、不得要領《ふとくようりよう》な顔になり、だまって食べている鶴治を眺めつつ、

「何だか、まずそうじゃない」

と令子はいって、私も食べてみようとはいわないのである。

幻のすきやきの味を復活しないことには、その残りもののお汁《つゆ》もおいしく食べるわけにいかない。鶴治は執念のかたまりになる。

独身のとき世話をしてくれていた婆さんも死んでしまい、鶴治は結婚の仲介をしてくれた老女のところへいった。

「昔風の、大阪のすきやきの作りかた、知らはれしまへんか」

「どないしはりましてん。令子はん、寝込んだはりますのんか」

「旅行してまんのや」

令子はフラワーアレンジメントの仕事が忙しくなって、京都だの姫路だの、博多だのである展覧会へ出品したりする。円錐《えんすい》型の金属のてっぺんに、スイートピーをマスでさしこんだりして、それは「静思」というタイトルがつけられたり、している。令子は作品を鶴治にみせて批評を聞くということもしないが、といって鶴治を無視しているのでもない。

「あなた、名古屋の展覧会、ひと晩泊まりでいっていいかしら？　今度はこれを出すつもりなの」

とカラー写真を見せたりする。鶴治はわけのわからぬフラワーアレンジメントよりも、いまなお、「あなた」というコトバの居心地わるさに玄妙な尊敬の念をおぼえつつ、

「どうぞどうぞ」

というのである。鶴治は令子の芸術がやっぱり分らないが、それで以《もっ》て「すまない」とも思わない。

「すきやきやったら、若い令子はんのほうがくわしおまっしゃろうに」

と老女はいった。

「あれは東京風やからあきまへんねん。大阪風の作りかた、知らはれしまへんか」

「こうつと。大阪風いうてもな、炒めて先に砂糖かけるだけ」

鶴治はすきやきの専門店へいったが、そこもわりしたであった。今日びは弟嫁がいうように、濛々《もうもう》と煙を上げ、部屋をくすぶらせて炒めるやりかたは、はやらないらしい。「死んだすきやき」ばかりである。

あるとき会社へ女の声で電話が掛かってきた。

百合枝だという。

デパートを辞《や》めてから神戸のニット会社に勤めていたが、今度、大阪のミナミの店へかわったというのだった。ブティックの店長にさせられて、

「いつも尾上サンの会社のあるビルの前通ってるねんよ」

と、この間別れたようにいった。

「会いたいなあ。十年になるかいなあ」

と思わず鶴治がいったら、

「そないならへん。八、九年いうトコでしょう」

とさばさばして、昔の口少ない印象とは打って変り、愛想よい応対だった。

その晩、阪町《さかまち》のバーで会ったら百合枝は以前より垢《あか》ぬけていたが、腰まわりはどっしりして肉がつき、しかしそれも見苦しからぬ風情である。お化粧がおどろくほど上手になって美しく、立体的な顔立ちにみえた。嬉《うれ》しくて、

「なつかしなあ」

というような挨拶《あいさつ》が、おっとりいえるのが鶴治なのである。

「元気やったか。忘れたことなかってん」

「ほんま？　大きに」

「あんた結婚したん？」

「ずーっと、あれからせずでした、仕事のほうが面白うなってしもて」

「ふうん」

「尾上サン、おくさんもらいはった？」

「二年前な」

「そんなに遅う……」

「あんたに抛下《ほか》されてそのショックで」

「よう、いうてや。えらい口巧《うも》うなりはって」

昔より、舌がなめらかな中年女になっていた。笑い顔も人あたりよく練《ね》れていい。

「ああ、しかし、なつかしなあ。……」

と鶴治のいったのは、久しぶりに女らしい大阪弁を聞いた気がするからである。このごろはバーやスナックや小料理屋の女たちも、まがいの標準語になってしまい、「えらい口巧うなりはって」やら、「よう、いうてや」という大阪弁は聞かれなくなってしまった。妻なら「よくいうじゃない」と口疾《くちど》にいうところであろう。かなり令子の歯切れのいい、きれいな東京弁に耳が馴れて、それはそれでええなあ、と思い始めているが、しかしやっぱり、まったりした大阪弁は、格別の味わいである。

仕事を持っている女らしく、百合枝は家庭のことを根掘り葉掘り聞いたり、しない。

「いまなにに凝《こ》ってはりますか、以前《まえ》にはいっしょに競馬に行ったこと、ありましたやろ。おぼえてはります？」

「そやったかいなあ」

「いやあ、たよりない。五千円儲《もう》けて、御飯奢ってもらいましたやんか」

「そういうたら、あった気ィもする」

鶴治はそれよりも、百合枝の大阪弁がありがたくってしかたない。〈お鍋が片付かないじゃないの〉とか、〈何だかまずそうね〉などと、一刀両断といったモノの言いかたとくらべて、なんというはんなりと柔かい雰囲気のコトバであろう。

それに、何より、百合枝の顔のタイプは、まぎれもなく関西女のおかめ型なのだ。きれいなお化粧を施してはいるが、団扇型の大きな顔に、ぽつぽつぱらぱらと目鼻がばらまかれているところ、まことになつかしい大阪女の典型である。薄い瞼や、形のととのった唇など、あまり馴染《なじ》みのないよそ国美女の妻とはちがう。昔、鶴治が好きになったものが、いまの百合枝には擦《す》り切れずに残っているようだ。

「そや、いま凝ってるいうたらなあ……」

と、ふと鶴治は勢いこんでいう。

「すきやきやな。この頃の、死んだすきやきちゃう、昔ながらのすきやき、食べとうてなあ」

「すきやき」

「さいな。うちの女房《よめはん》、東京の人間やねん」

「はあ」

「何から何まで、味がちゃうねん。大分、ならされたけどな」

「そない、違いますか」

「ことにすきやきがな、大阪のは甘いやろ、あっちは、からいねん。昔のすきやきの味がなつかして、なあ」

百合枝は、千日前《せんにちまえ》に肉なべ屋があり、そこは客の好きなように食べさせてくれる、という。わりしたの欲しい客にはくれるし、醬油《しょうゆ》と砂糖が欲しい客は、いうままに調味料を揃《そろ》えてくれるそうである。

「親切で安いさかい、あたしも店の女の子とちょいちょい、いきます」

「ほんまか。ほんなら、行きまひょいな」

「これから？」

「どうせ、食事どっかで食べたかったし」

「そない、しましょか」

百合枝は腰まわりは太いが、脚はいい形でしっかりと体を支えていた。鶴治は昔の恋人がひとまわり人間的に大きくなって、彼をなつかしんで声をかけてくれたのが嬉しくてならない。妻には内緒だが、

（ええつきあいや、これこそ、オトナのつきあいや）

と思ったりする。

千日前のパチンコ屋の隣、二階にその「肉なべ屋」はあった。混みかける時間で、二人はやっと窓際に坐《すわ》れた。

「あんた、してくれるか」

と、鶴治は、もう全く、昔の通りの言葉づかいと気分になっている。

「はあ。たきましょか」

と百合枝はいい、「煮るわよ」といわないのもいい。ビールをつぎ合って乾盃《かんぱい》し、すると鶴治は、方図もない、無責任なその昔の大坊ンちゃんの心持になってゆく。

二人ぶん用の小さい鉄鍋が運ばれてきた。

百合枝はヘッドを溶かし、牛肉を焼きつける。その手つきも、鶴治がよう見知った、お袋や婆さんの手つきによく似ている。

皿にのっかっているのは、糸ごんにゃくと青葱、白葱、それに焼豆腐に焼麩という、正統的な材料で、鶴治はことごとく満足である。

百合枝は慣れた手つきでしっかりと牛肉と葱をいため、そこへ砂糖をぶちまけて、よく炒《い》りつけるのである。

牛肉のにおいがかんばしく立ち、水差しの中のだしを注いでしばらく煮る。甘みが、鍋の中の肉に充分、沁みついてから、肉の表情を見つつ、醤油をいとしげに注いでゆく。

「そうそう」

鶴治は百合枝の判断も手つきも実に嬉しい。牛肉は砂糖をまず浴び、ついでだしと醤油をねぶらされて、ツヤツヤと幸福げな顔になっている。

これでないとあかんのや。

お汁《つゆ》が鍋にたっぷりと煮え立っているが、それは見るからに濃い色のわりしたではなく、甘みのある色、百合枝は、

「あー、おなかすいてきたわァ」

といいつつ、豆腐や糸ごんにゃくや葱を入れてゆく。麩はお汁《つゆ》を吸うので、麩のぶんをちゃんと見越して、お汁《つゆ》を作らねばならぬ。妻の令子が「煮る」すきやきは、たいてい麩のはいる前に汁気が煮つまってしまい、麩をたのしめなくなってしまうのであるが……。

「お味を見て下さい。青葱を食べはったら、お味がようわかりますよって」

「百合枝ちゃん」

「はい」

「あんたに炊いてもらうのん、はじめてやなあ」

「そうね」

「うまいわ、昔ながらの、生きたすきやきや。これや、これやねん」

鶴治は涙が出そうになってくる。百合枝はお袋と同じ味をととのえてくれている。お袋は百合枝のことを「片親の娘はあかん」などとボロクソにいったが、令子でも出せない味を百合枝は出してくれるのである。

「これが食べたかってん」

麩もしっとりとほとびて、おいしいお汁《つゆ》をいっぱいに吸っていた。

「お酒、ちょっともらいましょか」

と百合枝はいうが、鶴治は、

「ふん、あんた飲みいな、僕な、このあとのおつゆに御飯入れて食べたいねん」

と夢中だった。

「これが食べとうてなあ。あとで御飯入れて食べるの、やっぱり大阪風すきやきの甘い味がないと、辛かったら食べられへんのや」

「そない、からいんですか、東京風は」

と百合枝は何べんもいい、

「あたし東京知らんよってに」

「ダダがらいねン――けど、御飯入れるのん、あとでええよって、急がんでもええデ」

「はい。あたしはもう、すきやきは満腹。ちょっとあっさりしたもんで一本、飲ましてもらいたいわ」

百合枝は給仕の女の子を呼んで、山芋の短冊《たんざく》だとか、

「いか納豆も一つ――」

などと注文している。

そのおちついたさまを見ると、百合枝は外で酒を注文し馴れ、飲み馴れていることを思わせる。

「よろしの？　あたしだけ、お酒もろても」

「どうぞ、どうぞ。僕はこの」

と鶴治は、鍋の終りに御飯を入れることのほかは考えられぬさまである。

「待望のすきやきめしを」

百合枝が洋皿とスプーンを取り寄せてくれたので、鶴治は鍋の旨《うま》い汁をたっぷり吸

わせていりつけた御飯を皿に盛った。葱のきれっぱし、肉のひときれ、麩や豆腐の具が適当に入って、申し分ないすきやきめしであった。

もう、やりかたをおぼえたから、今後は、自分ですきやきを旨くつくろうと鶴治は思う。「あなた。煮えたわよ」といわれる代りに、自分でたいてみて、

（おい、これ食うてみい）

と令子に示してやりたい。すきやきさえ、思いのままに出来れば、もう「あなた」にも「作品A—A′」にも落ちつきの悪い心地はせずにすむ。

どんなものを食べさせられたとて、我にすきやきあり、と思えば心丈夫である。大坊ンちゃんも、やっと自立できるかもしれない。

「ねえ」

と百合枝がいった。

「ずいぶん熱心に食べはるのねえ……」

「うん、こない旨いのん、近来、はじめて食べたさかい。百合枝ちゃんのおかげや」

百合枝はふっと笑い、

「尾上サン、ちっとも変ってはれへん」

「え」

「あんた、やっぱり自分のことしか、考えへんお人やなあ」

「なんで」

鶴治はあまりよろしくない予感がする。

食べ終ったお皿を置いて、百合枝を見ると、ちょっと酒の酔いがまわりかけた、というあんばいだった。

「もう一本、もらお。尾上サン、いうて」

鶴治は狼狽して、注文する。

「あたしなあ」

と百合枝は猪口《ちよこ》に徳利《とつくり》のしずくを振りつつ、

「あの日ィのこと、忘れられへんわ」

「何やねン」

「手術した日ィ」

「何ぞ、あったか」

「あれから、尾上サン、電話もせえへんし、手紙もくれへんかったやないの」

鶴治は「何ぞ、あったか」といったが、ほんとはちゃんとおぼえている。病院から出たての百合枝は「ホテルへいこ」と目を据わらせていい、鶴治はその尻《けつ》をまくった

ような、やけくそになったような雰囲気に縮み上がってしまって、

（いやや、怖い）

といって逃げたのだった。鶴治がおぼえていることを、やっぱり、百合枝も忘れられなかったらしい。

「尾上サンは大坊ンちゃんやよってな、しょうないけど、ウチ、一時は腹立ったしィ」

「わかってる、わかってる」

百合枝は熱燗《あつかん》の徳利をとりあげ、コップへどくどくとつぐ。そのさまもやり馴れた感じで、

（ひえ。コップ酒かいな。酒ぐせ悪かったらどないしょ）

と鶴治は思った。自分のことしか考えてない、と百合枝にいわれたのはたしかに当っている。しかし、百合枝の大阪弁や、そのたたずまいはようく知っているなつかしいもので、鶴治は席を起《た》ちたくないのであった。酔ってくると百合枝は、その昔の、口少なで表情の少ない、何を考えているか分らぬ大阪娘にあと戻りしたような気がする。

「あのなあ、ウチなあ」

「ふん」

「今は何とも思うてませんよ、けど、あのあと、あんたが憎ったらしかった、いつか、それ言いとうて。それだけ」

「わかってる」

「ほんまにわかってる？　すきやきのことしか考えてえへんの、ちゃう？　うーん意《い》地《け》悪《ず》！」

それは本当だったから虚をつかれたが、鶴治はこの店へ、また百合枝と来たいなあ、と漠然《ばくぜん》と考えていたのだから、まんざら、すきやきのことだけではないのだ。鶴治は、百合枝がたいてくれたすきやきだから、ことにもおいしかったのだ、という気がしている。

しかし、百合枝を誘うたんびに、この恨みつらみを聞かされるとすれば……。

(こんなつもりやなかったのにな)

と鶴治は右往左往する感じでそう思った。

あのとき、怒り散らしたり、わめき叫んだりしなかった百合枝は、何年もたって今ごろ、ちくちくといや味をいう。鶴治は返事もできない。

(せっかく、美味いすきやきたべたのに、なんでぶちこわしのこと、してくれるねン）と思うが、それをいうとまた、あんたは自分のことしか考えてへんといわれるであろうかと黙っている。百合枝は、べつにひとまわり人間が大きくなったから、なつかしくて彼に声をかけたというだけのものではないらしい。

女は怖い。

しかしそこに、いうにいえぬあわれさもある。

それに百合枝の、もっちゃりとやさしい、暖かい大阪弁もいい。「うーん、意地《いけ》悪《ず》」なんて言葉、ほんとに久しぶりに聞いた気がする。この、おかめ型の顔、柔かな大阪弁、これは、べつに肌を合わせなくても心を落ちつかせてくれるうれしいものである。できれば月に一回でも百合枝とここへ来て、すきやきを彼女の手でたいてもらいたい。しかし、そのたびに、あの恨みつらみを聞かされるとしたら……。

鶴治は堂々めぐりの矛盾に、泣きたくなってくる。

いちばんいいのは、妻の令子が、美味いすきやきをつくってくれて、うれしい雰囲気を醸成してくれることであるが、すきやきはともかく、令子は演技力はないし、鶴治がどんなことを欲しているかというのも、あまり考えないようである。

そのかわり、恨《うら》みごともいわない。

それどころか、このまえのどこかの展覧会で何かの賞をもらったというので、

「あなたのおかげよ」

というのである。

「あたし、とても感謝してるの、あなた」

鶴治は「あなた」も「感謝」も、大阪弁のボキャブラリイにないので、まごつく。

「どないした、ちゅうねン……」

「あたしに好きなことさせて下さって、有難いわ。あたし、フラワーアレンジメントを生涯の仕事にしようと思いきめて、そのために、あたしを束縛しない夫をさがしていたの。ごめんなさいね。——あなたはほんとにいい人だわ。感謝してます」

令子は瞳をうるませて鶴治をみつめ、鶴治はうろたえて、(そんなん要《い》らんさかい、うまいすきやき、つくってくれやァ)と思う。

「あなた、こんなあたしを理解して下さって嬉しいわ。尊敬するわ」

令子はやや芸術家肌のところがあるから、正直に感動をぶちまけ、鶴治はそれにもたじたじとする。

平々凡々の庶民である鶴治は、理解も尊敬もどっちゃでもよい、あんまりきまりわ

るい思いをせぬのが一番なのである。

この頃は鶴治も、令子の性格をやや、のみこんでいる。悪気のない女で、あたまの一方で、「作品A―A′」なんてことばかり考えているため、少し現実ばなれし、口はてきぱきしているので強《きつ》いようであるが、腹は何もないようである。だからこそ、いつまでたってもダダがらいタベモノをつくりつづけているのかもしれない。料理は想像力で巧《うま》くなる。

鶴治は妻の料理に物足らなくなると、百合枝を誘ってすきやきをたべにいく。

そのときにチクチクと昔のいや味をいわれるのは、これはしかたない。そのいや味も、いまは、すきやきを美味くする香辛料のような気がする。

お好み焼き無情

はじめ、吉沢は、

(世の中、変ったなあ……)

とただ単純に驚いていたのだ。

それがしばらくして、

(世の中、まちごうとる!)

と腹立ってしまったのである。それからあとは、続々と「まちごうとる」ことが頻《ひん》出《しゅっ》し、ついに、

(これはついていけん……)

と心中、悲鳴をあげてしまった。

しかし女の子たちは嬉々とはしゃいでいる。物馴《ものな》れたさまで舌鼓《したつづみ》うって楽しげに食べている。

お好み焼きを、ナイフとフォークで食べているのだ。それはまあ、いい。しかし飲みものにセットのワインが出てくる。

ワインでお好み焼きとはどういうことだ。

しかも給仕はみな、黒い蝶《ちょう》ネクタイで、お好み焼きの皿をはこんでくる。何のつもりや。

ことごとく、吉沢には腹立たしい。白い壁に赤い椅子、ふかふかの絨緞《じゅうたん》。

(こんなトコでお好み焼きなんか食えるかい)

と吉沢は次第に反撥《はんぱつ》をおぼえ、世の中まちごうとると思い、

(高価《たか》いのんちゃうか……)

とあらためてにがにがしく思う。店の名は「お好み焼きレストラン・マドモアゼル」というのである。メニューには、

「プチ・マドモアゼル」

「ジャンボ・マドモアゼル」

「ミックス・マドモアゼル」

なんていうのが並び、これも吉沢を腐らせる。

吉沢の課の女の子の一人が結婚退社するので、吉沢は餞別《せんべつ》のつもりで、うどんでも食いにいこか、と朋輩《ほうばい》の女の子二、三人もろとも誘った。送別会は来週やることになっているので、その前の、内輪の奢《おご》り、という心積りである。

「そや、女の子はお好み焼き、好きやろ、うどんよりそっちにしよか」

と吉沢はいった。イヤー、嬉し、と、女の子たちは喚声をあげ、あれよあれよという間に五人にふくれ上ってしまった。吉沢も入れて六人である。この節の女の子はよく飲むが、（飲み代が高うついて、と女の子同士がしゃべっていたのを、吉沢は耳にしたことがある）まあお好み焼きなら知れとるやろ、と吉沢は思ったのだ。

——吉沢は、何をかくそう、お好み焼きのファンである。時々、昼めしはお好み焼きにする。豚玉《ぶたたま》五百円では物足らず、イカ玉か焼きそばで仕上げをして、満腹して店を出、もう当分、お好み焼きはいらんな、と思うが、翌日になると、また食べたくなる。しかし毎日、千円の昼めし代では保《も》たないが、よくしたもので、あるとき急に素《す》うどんが食べたくなったりしてバランスがとれる。——この頃はお好み焼きにも男性ファンがふえたとみえ、吉沢のいきつけの店に、毎日、来ている常連もいる。会社は本町のビル街にあるが、お好み焼きの店はちょっとはなれた、うどん屋やら喫茶店の入っている雑居ビルの二階にある。「やよい」という店だが、会社の女の子たちには会わない。しかし昼めしどきも退《ひ》けどきも、女の子が多いので、やはりお好み焼きは女の子の愛好物なのだ、と思わされる。

退けどき、というが、吉沢は会社の帰りにもちょっと寄るのである。季節のカキ玉《たま》なんかで、ビール一本を飲んで店を出たりする。男同士、二、三人で来て、豚玉一枚でコップ酒を飲んでいるのも多いから、この頃は男社会でもお好み焼きは市民権を得ているのであろう。しかし四十すぎの吉沢としては、「お好み焼き」はやっぱり女こどもの嗜好《しこう》という気がぬけなくて、肩身せまく壁際《かべぎわ》で食べる気味がある。（また、それなればこそ、いっそう美味《うま》く感じられるのであろうが）肩身せまい、というのは、家ではお好み焼きをぼろんちょんにけなされるせいもあるかもしれぬ。

吉沢の家では、お好み焼きは市民権を得ていない。妻の母が同居していて、娘が一人、吉沢のほかは女ばかりの家族であるのに、家族はお好み焼きを見向きもしない。

それは妻の母の影響であるらしい。吉沢は入婿《いりむこ》ではないが、共かせぎで娘が生まれたので、ほんのちょっとの手伝いのつもりで、義母が来た。そのまま居付いて、娘が中学二年になった今は、鬱然《うつぜん》たる存在になり、一家の采配を振っている。妻は今も働いているから、まだ元気な義母が家事をしてくれるのは便利にはちがいないが、吉沢はこの義母は好きではない。（キライだッ！）と言挙《ことあ》げしていうほどのことでもないが、日曜に家にいるのが気ぶっせいな、という程度に「好きでない」。

「康男さん」

と義母に呼ばれると、どこか身構える気味がある。たいてい義母に呼ばれたときは、

「台所の流しで口ゆすがんといて下さい。きたないやないの」

とか、

「そのタオルは顔を拭くタオルちがいますよ、テーブル拭くタオル。あんた、いつも間違う」

とたしなめられるときである。吉沢は、義母のスリッパの音を聞くと、はや心悸昂《しんきこう》進《しん》する。そういう程度に、「好きやない」のである。

妻は、母親が家事をしてくれるのに慣れ、タテのものをヨコにもしなくなった。家に亭主が二人いるようなものである。ミナミのブティックを任されて、四、五人の売り子（ハウスマヌカンというそうだ）を使って「かなりいい線いってる」成績だというが、吉沢はこのところ、妻から聞くのは、

「ああ、しんど」

という言葉ばかりなのだ。帰宅して「ああしんど」、風呂から上って「ああしんど」、ベッドへもぐりこんで「ああしんど」。

それよりホカのコトバ知らんのんか、と言いたい。

吉沢は娘を可愛がっていたが、小学生のころまではともかく、中学生になったら、話すこともなくなってしまった。たまに日曜、娘と二人のときがある。お好み焼き屋へでもいきたいところであるが、娘は近頃、この郊外の町にもできた「うどんレストラン」へいきたいという。

この頃は、チョコレートのかかったうどんや、マヨネーズで食べるひやしうどんがあると聞いて、吉沢は、げんなりしてしまった。娘が「ひやマヨ」というので、英語かフランス語かと思ったら、「ひやしうどんマヨネーズ」の略なのだ。聞くだに胸がわるくなる。

「食べてみたらええのに。あんがい、いけるよ」

と娘はいう。吉沢は言下に否定する。

「食べんでもわかっとる。そんなもん、人間の食うもんやない。ひやマヨなんて、天を恐れざる食いかたというもんや」

「古ぅ。思いこんだら変えへんねんから。お父さんいうたら」

吉沢は家では頑迷固陋《がんめいころう》の石あたま、ということになっている。しかし吉沢にいわせれば、お好み焼きを、

「代用食です。あんなもんは人間の食べるもんやない」

と一刀両断に切り捨てる義母こそ、頑迷固陋だという気がある。

「戦争中にフスマ入りの手作りパンや、すいとん食べた思い出と重なってね。見るのもイヤやわ……あれ、メリケン粉の団子やないの、下品な食べもんや」

義母は見下げはてた如くいい、

「昔は大阪の下町へ、屋台曳《ひ》いて来てましてン。一銭洋食いうて、子供が買食いしてたン。薄いメリケン粉溶いて、天カスや紅生姜《べにしようが》や挽肉《ひきにく》ちょびっと入れて焼いたんを、新聞紙に包んでもろて食べてましたんや。新聞紙の字ィが洋食焼きにうつったりして。ま、あんなん子供のたべるもん、人前でオトナの食べるもんちがいます。品の悪い」

断固としていわれると、吉沢も表立って反駁《はんばく》しにくい。吉沢は声を荒くしたり、言い合ったりするのが大きらいな性分なのである。言い合ってもいいが、そのまま人生で二度と会わない仲になるなら別、翌日も同じ屋根の下で起き伏しせんならんとなると、そのとき、どういう顔をしていたらいいものやら、身の振りかたに困るから、

「…………」

反駁の言葉をのみこんでしまうのである。

そのくせ、義母には妙な嗜好がある。味噌汁を飯《めし》にぶっかけ、かきまわして食べ

る。義母がやるので、妻も同じようなことをする。妻がすると娘もやる。女系家族だから、どうしようもない。

吉沢が見ていると、さながら猫のエサである。味噌汁の豆腐や葱《ねぎ》やわかめが、川の杭《くい》にかかった塵芥《ごもく》の如く、白い飯にひっかかり、汁がたぶたぶと茶碗のふちにあふれる。味噌汁のお茶漬というところ、見るめもいぶせき食事で、とうてい人間の食いものと思えない。

いつか、吉沢はそれについて、おずおずと批評したことがあった。味噌汁は味噌汁、めしはめしとして食べたほうが、見た目も美的ではあるまいかという、遠慮がちな感想である。

妻と義母はたちまち反論した。

「そういうパパかて、おうどんのお汁《つゆ》に御飯入れるやないの」

「あれはみっともない。うどんの切れっぱしやオ揚ゲの浮いてる中へゴハンぶちこんで、見ても汚ならしい」

と義母は断じ、何いうとんねん、大阪ではあれは、うどんの正統的な食べかたや、と吉沢は思うものだ。吉沢は大阪生まれの大阪育ちで、妻も同じだが、妻の母は大阪ニンゲンではない。だから吉沢と妻は微妙なところで、感覚がくいちがう。

大阪のうどんはお汁《つゆ》が旨《うま》いので、うどんをあらまし食べたあと、冷や御飯を入れて、すっかりあまさず、汁まで楽しむのである。そのときは断然、

（ひやめしに限る）

という信念に、吉沢は燃えている。どんぶり鉢《ばち》はまだ温《ぬく》い。汁も熱い。そこへそろりっとひやめしを入れ、四すじ五すじ残ったうどんや、葱、七味、オ揚ゲなどとともに汁《つゆ》づけめしをかきこむ。

（こんな旨いもん、あるかい……）

と吉沢は思っている。スキ焼きの残りにめしを入れるやりかたもあるが、総じて大阪ニンゲンは、「残りもの」をおいしくさらえるのが好きらしい。吉沢にいわせると、味噌汁をめしにぶっかけるのは乞食《こじき》めしであり、うどんのおつゆの中へ御飯をしずめるのは風流というものである。品位において断然ちがう。うどんのお汁《つゆ》、きつね色というような黄金色のお汁《つゆ》の中にぱらぱらと入れる白いひやめしは、霞《かすみ》の間から仄《ほの》見《み》ゆる桜の花といってもよい。

片や、味噌汁をぶっかけられためしは、川の杭の塵芥《ごもく》である。文化の程度が違う。

しかるに妻と義母は、吉沢の食いざまを見て、

「犬めしやわ」

と笑うが、吉沢のほうは、彼女らの味噌汁かけを「猫のエサ」とおとしめているのだから、まあ仕方ない。妻と結婚して十なん年、ことごとに少しずつ食物の好みが違う。

（どっか、違う……）

と思いつつ、過ぎてしまった。

それにしても吉沢はつくづく思うが、

（オレ、とてもヒコーキの中で遺書なんかよう書かんなあ……）

お好み焼きは人間の食べるもんとちがうという、うどんのお汁《つゆ》にごはんを入れるのは犬のめしやという、「ひやマヨ」を難《なん》じたら古いという、そんな家族にあてて、危急の時に、

「みな仲よく元気にやってくれ、楽しい人生だった、有難う……」

などと書く気はしない。その場になったら分らないが、吉沢はひそかに、

（こんな連中に、遺書なんか、書いたれるかい……）

という気があるのだ。といって吉沢は家族を憎んでるともいえぬ。家族が居《お》らなんだら淋しいやろうと思いつつ、（どっか、違う……）と違和感をもてあましながら、毎夜家へ帰り、

い。

「お帰り」

という義母の声を聞くと、（妻はたいてい、吉沢より三十分ぐらいは帰りが遅い）身構えながらも、半分はまあ、わが家の雰囲気にくつろぐのだ。妻が働いているから、家のローンも苦にならなくなった。いいことだけ考えていなければしょうがない。

寄り道してお好み焼きでも食べた日は、いっそう寛容になる。何となく機嫌よく、

「ハイ、ただいま」

という声が自然に出てくる。

吉沢の会社は化学会社で地味な風があり、派手ではないが、相応に飲む機会も多い。人と行くときは季節おん料理やおでんの店へも入るが、一人であると、つい、足はお好み焼き屋に向く。そうして、じっくり食べ、ビールを一本飲むと満足して、

「ハイ、ただいま」

と帰れるのである。

この頃は「やよい」のほかに、「お千代」という店も開拓した。これは中婆さんが汗水たらして焼いている。自分で焼いて、客の前へ置いてくれる。カウンター式になっている。「やよい」は自分で焼かないといけない。その点、「お千代」は楽だが、昼

間はあけていない。夕方から店を開ける。だから、会社のひけどきに寄るのは「お千代」のほうが多くなった。

愛想のない中婆さんだが、働き者で人は悪くない。「お千代」ではビールと日本酒が飲める。

「もう二十年やってま」

と中婆さんはいう。

「ワテのやりかたは戦前風だんねん」

というが、見ていると、薄く溶いた小麦粉をまずさっと鉄板に敷き、その上に具をのせる。葱にこまぎれ豚肉、キャベツに天カス、竹輪のみじん切り、卵、それらをのせているうちに、クレープのようにうすい皮の周縁はちりちり焼けて乾いてくる、具の上に、またもや溶いた小麦粉をまわしかけてサンドイッチのようにして、オコシでぽんと引っくり返すと、ほどよいあんばいの色に焼けている。

そいつを中婆さんはテコで、じゅうと押えつける。

ミナミの宗《そ》右《え》衛門《もん》町の老舗《しにせ》のお好み焼き屋の一つに「ぼてぢゅう」という店があるが、これはボテッとひっくりかえして、ジューと焼くところから、そのまま店の名になったのである。会社の女の子で、商社マンと結婚してパリへいった子がおり、パリ

から会社のもとの同僚に絵葉書をよこして、

「ミナミの『ぼてぢゅう』のお好み焼きが食べたくて、泣きたいくらいです」

と書いてあった。パリにお好み焼き屋ないのんやろか、ほんならうちら、パリに住みとうないわ、と女の子らは口々にいい、その晩は大阪に住む身のしあわせをたしかめるごとく、打ち連れて「ぼてぢゅう」へいったようである。

吉沢はそこのお好み焼きも嫌いではないが、マヨネーズがのっかっているのが、ちょっと困る。お好み焼きマヨネーズ、「おこマヨ」というのは吉沢の採らないところである。それはそれで美味なのであるが、吉沢の考えている、あるべきお好み焼きの姿とは、どこか違う。

いや、それでいえば「やよい」だってそうだ。

食べている時は旨いが、ちょっと粉っぽい感じが残る。ソースがいい味なので、それにかくされているが……。

「お千代」は昔の洋食風であるが、中婆さんはぽんとひっくり返して、じゅっとおさえつけると、醬油をハケで刷《は》く。そこへ青ノリと粉がつおをふりかけ、

「お待っとおさん」

と吉沢の前へぽんと置いてくれる。鉄板はよく使いこまれ、ツヤツヤしている。

熱々《あつあつ》のお好み焼きを小さいテコで小口切って一つずつ乗せ、口へはこぶ。吉沢は箸《はし》を使いたくない。昔ながらにテコで食べたい。

「熱、つつ、つ……」

と舌が焼けるのを冷いビールでなだめる。醬油味はあっさりして腹にもたれず、アルコールによく適《あ》うのである。キャベツの甘味と豚の味がまじり合い、それに小麦粉は何かのダシで溶いているらしい、コクのある味である。

「うちは山芋《やまいも》は使いまへん、あれやると、かえって味が重とうなります」

と中婆さんはいい、吉沢は「やよい」とも「ぼてぢゅう」ともまた違う風合いを楽しむ。

しかし食べてるときは美味しいが、食べ終って店を出ると、またもや、ここのも、

（まあ、旨かったけど、どっか違う……）

という気が何となくする。といって満足していないのではない。

また、「お千代」のように、クレープ風のまん中に具をはさむ洋食焼きもいいが、「やよい」のように、小麦粉を溶いた中へ具をすっかり入れてかきまぜ、焼けた鉄板にじゅう……と垂らしていくやりかたもいい。引っくりかえすと、たらたらと縁《ふち》からメリケン粉が流れ、テコで叩くと、そのたびに卵や豚や葱のミックスしたいい匂いが

立つ。この叩きかたも堂に入ると芸術になるというのは「ぼてぢゅう」の初代で、テコで叩くときは鼓の音が、せなあかん、というのである。

ふっくら焼けていると、かるく弾《はず》んだ、ポテッ、ポテッというたのしい音がひびくのだ。

それをもう一度裏返し、ようく焼く。あまり長い時間をかけると、ぱさぱさに焼きあがってしまうので、ほどよきところでソースを塗る。どの店もソースやマヨネーズに秘伝があるようであった。

吉沢はソースだけ塗ったのを好む。ソースが鉄板に滴《したた》って焦《こ》げる、その匂いも、これはこれで何とも香ばしい。

(下品なたべものやというけど……)

と吉沢は義母に反撥している。

(たべものは下品なほうが旨いんや)

それに、お好み焼きが下品だとは、吉沢には思えない。牛どんや親子どんぶりだって、お好み焼きとちょぼちょぼである。どんぶりめしに具入り汁《しる》がぶっかけられてあるだけではないか。そこへくると、お好み焼きはメリケン粉がつなぎになり、小ぢんまりと丸くまとめられているところが上品である。

とにかく、そんな風に愛好措《お》くあたわざるお好み焼きであったが、女の子たちに案内されて行ったところは、ネオンがぴかぴかする、「お好み焼きレストラン・マドモアゼル」であったのだ。

入口近くに、ゴムの木の鉢植なんかある。

「いらっしゃいませ」

支配人らしい中年の男はネクタイをふつうに締めている。

吉沢は不吉な予感がする。

店内にはムードミュージックが流れ、やがてそれがシャンソンにかわる。赤い椅子が並んだ一隅に案内される。どこにも鉄板はない。カウンターが反対側の隅にあり、

「シェフがお焼きします」

黒い蝶ネクタイの少年が注文を聞きにくる。

吉沢はアルミカップに盛られたお好み焼きの素材を待っていたのだが、客は自分で焼かないらしい。シェフときた。見るとカウンターの前で、白いコック帽の太った男が、ピカピカ光る大きいテコを両手にふり廻して焼いているようであるが、鉄板の上には銀色のドームが輝き、どうもそれはお好み焼きを覆《おお》うもののようである。

（あんなことしたら、焼けすぎて乾いてしまわへんか……）

吉沢は心配になる。

「課長さん、ジャンボ注文してもいいですかァ」

と女の子がいい、ほかの子が、

「でも一人では食べ切れへんよ、二人で分けへん?」

「いやァ、食べられるわよ」

とまた一人がいうと、女の子たちはどっと笑うのだ。お好み焼きを二人で分けて食べるとは、何としおらしいことやと、吉沢は気前よく一つずつ注文してやる。吉沢自身は、

「フツウのお好み焼き」

といった。それは「プチ・マドモアゼル」というのだそうである。

かなり長い間待たされる。しかし女の子たちが五人もいると、お喋《しやべ》りが活撥だから吉沢も退屈しない。若い女たちと喋るのは楽しい。

やがて、小鉢にサラダ、赤いワインが女の子たちの前にきた。これは「ジャンボ・マドモアゼル」のセットだそうである。

(お好み焼きをワインで食うのんか、世の中変ったなあ)

と吉沢が驚く間もなく、ジャンボの本体が皿にのせて運ばれる。丸蓋《まるぶた》で覆って焼く

はず、五、六センチはあろうかというような厚み、どうやらお好み焼きのお重《じゅう》というあんばい、三段重ねのケーキのようなものが皿にどでん、とのって出てくる。

女の子たちはどよめき、嬉々としてナイフとフォークで、お好み焼きの小山を切り崩しにかかる。

「えらいボリュームやな。それ食うのか」

吉沢は目を奪われてしまう。三段重ねの底は豚肉らしい、その上にイカの短冊《たんざく》切り、更にその上は車海老《くるまえび》が三匹、あいまにお好み焼きの地がはさまり、上にはとろりとしたソースと青ノリ、紅生姜という、吉沢にいわせれば「お好み焼きのオバケ」である。食べ切れへんから二人で分けよか、といっていた女の子が、一ばん早く、みるみるお好み焼きの小山を切り崩してゆく。

吉沢は「フツウのお好み焼き」と所望《しょもう》したのに、運ばれてきたのは、量こそフツウだが、底というか台は焼きそばで、その上にお好み焼きがのっかってるもの、しかもそのお好み焼きは天カスや生姜入りではない、どうも馴れない味だと思ったらコーンが入っている。玉葱も入っていて、上にしいてあるのはベーコンである。粉チーズと青ノリがべったりと付着していて、（これはピザやないかいな）と思うと、ついに吉沢の怒りは頂点に達し、

（世の中、まちごうとる！）

とどなりたくなってきたのだ。

しかし実際にはどならない。温厚な中年紳士たる吉沢は必死に心外の念を押しかくして、フォークでつつく。吉沢は男にしては色白で品のいい顔立ちで、細縁《ほそぶち》の眼鏡など掛けているから、ちょっと見には、こういうレストランでジャパニーズ・ピザといったものをフォークとナイフで食べてるのが似合うようであるが、内心はちがう。

（お好み焼き食いたい！　ほんまのヤツや。豚と卵の豚玉が食いたい、ソースがとろりと掛って上に振ったかつおの粉と青ノリがしっとりして、まわりは豚の脂《あぶら》で旨そうにちぢれてる、お好み焼きを出せ、っちゅうねん！）

と心中罵《ののし》ってるとは、外面からは誰にも分らない。

吉沢はそのジャパニーズ・ピザを半分平らげるのがやっとであった。しかるに女の子たちは三段重ねを次々とかるく食べてしまい、

「案外入るのよね、これ」

とうなずき交し、

「そ。見た目より、すぐおなかすくの」

と一人はいい、恐ろしい、三重の塔のようなヤツを食うてすぐおなかすくとは、ど

んなハラをしとるのや。吉沢はチーズやコーンの妙な味があとくちへ残って具合わるくていけない。ビールで舌を浄《きよ》めた。

レジでいよいよ吉沢は（世の中まちごうとる！）という思いにうちひしがれた。三重の塔は一枚二千五百円もするのだ。お好み焼きで一万円札を出して足らんとは前代未聞で、人の道にはずれとる、といわねばならん。

女の子たちは吉沢に礼をいう。これから女客の多いスナックへ連れ立って行くつもりかもしれない。吉沢は社の女の子たちに受けのいい上司であるようだが、二軒目は同行しないで、そこで別れる。

欲求不満があってイライラする。「お千代」か「やよい」へ行って食べ直そうか、とも思うが、せっかくキタへ来ているものを引き返すのも面倒だ。

吉沢は梅田から通勤電車に乗りこむ。帰りのラッシュは過ぎており、発車間際の急行に坐れた。黙然と目を閉じている吉沢の端正な顔を見ると、人は、どんな高尚な思索にふけっているのであろうかと畏敬《いけい》の念に打たれるかもしれないが、ナニ、吉沢の考えることはお好み焼きのことなんである。

吉沢も仕事の手順や苦労を考えることはあるが、ただ今とりあえずは、「いとしのお好み焼き」のことばかりである。さっきの「マドモアゼル」は論外として、「やよい」にしろ「お千代」にしろ、どこか「旨いけど、ちょっと違うように思う」、その欠乏感をぬぐいきれない。

「やよい」は、キャベツをこまかく刻みすぎるのが悪いのではないかと思う。それゆえ水気が出てしまう。粉っぽい感じがあるのは、メリケン粉が悪いせいか、しかしあれは上等のメリケン粉を使うとかえって粘《ねば》っていけない。

「お千代」は、メリケン粉は美味《おい》しいが、もうちょっと、

(ひっこうてもエエな……)

と吉沢は考える。

(豚の入れかたが足らんのかもしれん……)

お好み焼きは要するにメリケン粉を水に溶いて焼いたものが土台であるから、いちばん適《あ》うのは豚である。季節だから、カキを入れたり、エビやイカを入れるが、どこか物足らず、所詮、お好み焼きは豚にはじまって豚にかえるのだ。

それに「お千代」の醬油味も、食べているときはアッサリと旨いが、どこか欲求不満が残る。

「お千代」の粉溶きや具の旨さに、「やよい」の豚味の濃厚、ソースの複雑な味をミックスさせたらええのやなあ……と吉沢は考え、急行を降りた。吉沢の家はここから

また普通に乗って数駅先である。「急行の停まる駅」に家を持ちたいというのは妻の希望であったが、とてもそんな資力はない。普通電車に乗って更に吉沢は考える。

家でお好み焼きをつくってみたら、うまくいくかもしれぬと、かねて吉沢は思っている。料理はやったことがないが、長年、お好み焼きに親しみ馴れたので、手順も雰囲気もわかっている、粉をサックリと水で溶き……いや、これも鶏《とり》がらスープとか、だしとかいろいろあるようだ。キャベツに天カスを入れて、紅生姜。豚肉を大きく敷くか、コマ切れにして中へ入れるかという問題やな、豚の脂を沁《し》みこませるには、鉄板にじかに、じゅうと押しつけて焼くほうがよいが……しかしそれを見た妻や義母はどんな反応を示すであろうか。

駅に着く。

この頃は、小さい駅はほとんど無人である。

改札を出て歩きかけ、見たことのない交番が角にあるので、間違って一ト駅乗り過ごして下りてしまったことを発見する。踏切のあたりの感じが、吉沢の家のある駅とよく似ているのだ。

あんまりお好み焼きに夢中になってたからやな、と吉沢はケンケンと鳴っている踏切を渡る。小さい駅は地下道もないから反対側のホームへは、駅のそばの踏切を横切らねばならない。

駅へ入りかけたところで、ふと、暗い道の向うに「お好み焼き」の提灯《ちょうちん》が風に躍っているのを見た。いまや吉沢はお好み焼きに対して意馬心猿という気持になっている。この際「おこマヨ」でも何でもいい、三重の塔をシェフが焼くのでなければよい、と吉沢はお好み焼きの店に近づく。

商店街らしいものは、踏切の反対側にあり、こちらは全くの住宅街のようで、帰り道のサラリーマンや女たちがまばらに通るだけ、塀の内から犬が甘え鳴きしたりしている。このところやたらに寒くて夜などコートなしでは震えてしまうが、世間のサラリーマンはコートなしで歩いているので、吉沢もコートを着用していない。

(人がせんことは自分も、ようせん、というのはサラリーマンの宿命かもしれん。サラリーマンは人と違うことがでけへん仕組みになってるのや。しかし、お好み焼きに惚《ほ》れて思いつめる、いうのは、やっぱり、人とは変っとるやろうなあ)

と吉沢は思いつつ、住宅街の中の、小さいお好み焼き屋の前に立つ。この、木枯し、寒風というのがお好み焼きを美味《おい》しくする要素で、やっぱりお好み焼きは冬場のものである。

ガラス障子をあけると、店内は暖かい。鉄板が温まっているからだろう。七つ八つの席のあるカウンターの向うに女がいて焼いていた。客は中年の男で、常連なのか、馴れたさまにスポーツ新聞など読んでいる。

この店には勤め帰りの男たちがふらりと入ることもあるのかもしれない。女主人は吉沢をいぶかしむ風もなく、愛想よく、

「いらっしゃい」

という。まったりした大阪弁で、よく徹《とお》る、甘い声である。言いかたに素人《しろうと》っぽい口調がある。

「豚玉。それにビール」

吉沢は、豚玉が一番、無難だと思う。豚の味で七難はかくされる。しかも女主人が鉄板で焼いてるそれは、とりあえず、見た目は美味しそうであった。その証拠に、スポーツ新聞を読んでいた男は、焼き上ったお好み焼きを目の前に置かれると、「くらいつく」という感じで物も言わずに食べはじめた。

それを見る吉沢にも、猛烈な食欲が湧《わ》いてくる。

ビールの栓が抜かれ、小鉢が出た。おや指のあたまくらい、ちょっぴり、何かが盛られている。いい味に煮ふくめられたおからである。これも珍らしい。この店には飲む客が来るのかもしれない。

男はさっさと食べ終ると、「ごっつぉはん」と五百円玉を一枚置いて出ていく。五百円という値は大衆的である。三重の塔の二千五百円は今思っても腹が立つが。

「ありがとうございました」

という女主人の声は甘くて大阪弁の抑揚も可愛らしく、商売人の挨拶というより、ごく普通の中流家庭の主婦が客を送り出す、というようである。

女は四十になったかならないか、というところであろうか、きめのこまかな肌に薄化粧をしているが、ぽっちゃりして見よい目鼻立ちである。焦茶色のセーターに白いエプロンをつけているさまは、いよいよフツウの主婦風であるが、焼きはじめると手さばきは熟練していた。

よく使いこまれた鉄板には、カスなどついていない。熱したそこへ、澄《す》んだオイルがたらされる。アルミカップの中へ溶いたメリケン粉が入れられる。薄茶色なので、何かのだしで溶いているらしい。キャベツは千切り《せんぎ》ではなく、小さい色紙形に切ってあるのも、吉沢には、

(よろしい、ようしよし)

という気分である。吉沢はぽっちりのおからを食べ、ビールを飲みつつ、ぼんやりと女の焼くのを見ている風だが、その実、真剣に女の焼きかたと素材を観察している

のだ。キャベツのほかに卵、天カスと紅生姜、葱もかなり入っているらしい。吉沢は玉葱は困るが、葱を入れるのは賛成である。

女はアルミカップを静かに傾けて、中身を鉄板に落してゆく。ぽっちゃり顔の口元が引きしまり、いい表情である。半分ぐらい流しこむと、その上に、ひとくちで食べられるくらいに切った豚肉をのせ、残りの半分をその上にかぶせた。「お千代」と「やよい」を足して二で割ったような焼きかたである。

豚肉を上にぺたんとのせたのでは、肉ばかり焦げてしまう嫌いがあるが、

(これは豚の脂が、お好み焼き全体に沁みわたって、ええかもしれん……)

と吉沢は期待に身震いする。鉄板がじゅうじゅうと鳴り、粉が薄く溶かれているせいか、まわりへぶつぶつと流れ出てくる、それを女はテコでととのえつつ、

「マヨネーズおつけしますか?」

「いやいや、マヨネーズはもひとつ好かんので……。ソースだけでよろし」

客の意向を聞いてくれるところがいい。すし屋の偏屈《へんくつ》はよく聞くが、お好み焼き屋にもあんがい偏屈が多くて、「アルコール類はありません」「店内禁煙」「男性おことわり」「カメラお断り」などというところもあり、「ビールは一人一本、酒は一合まで」と書いて貼ってある店もある、また卵を使いませんというのを売りものにしてい

るところもあるのだ。

お好み焼きの職人かたぎというのもあるのだろうが、結構、女が一人でやっている店に偏屈も多い。「お千代」の中婆さんなど、愛想はないが、マシなほうである。

――ぐるりが、ふんわりと透き通った感じに焼けてきた。もっとも、まん中はまだ白っぽい。

女は器用にそれを引っくり返した。きつね色に焼けて目がさめるばかりである。

「静かですなあ。このへんは」

と吉沢がいうと、女は、ナフキンに包んだ新しいテコを吉沢の前に置きながら、

「住宅街ですから……早うから、寝静まってしまいます」

「このお店は古いんですか」

「二年でございます。まだ馴れませんもので……。脱サラですねん」

「脱サラ、というと、ご主人がここをやってらっしゃる？」

「いえ、わたしが。主人に死なれましたので、こんなことはじめましたのよ、男のかたの脱サラといっしょ。女かて、主人という会社が無《の》うなったら、脱サラみたいなもんですわ」

それで素人素人しているわけがわかった。しかし女は快活で、人見知りしたり、陰《いん》

にこもる風情はない。

「大阪のキタのお好み焼き教室へいきましてね。一週間通うて勉強しました。でももともと、わたしも子供もお好み焼きが好きで、家でよう焼いてましたから……」

「子供さんがいられる……」

「まだ中学生ですねん。これからが長丁場ですわ……」

女ははきはきいい、慎重にお好み焼きを眺め、再び裏返す。ぴちゃっと、周りに溶いた粉がこぼれ、鉄板の熱気で、たちまち泡立ち乾く。メリケン粉の焦げる、何とも香ばしいかおりが立って、お好み焼きの表面は輝くばかりに焼けあがっている。豚肉を貼りつけないので、脂ぎっていないところがいい。
三、四回裏返して、女はとろりとしたソースを塗った。たっぷりと、鉄板にしたたり落ちるくらいに塗りつける。ソースはこぼれてにぎやかな音を立て、せまい店じゅうに食欲をそそる匂いがたちこめる。
「かつおのおどり、上《あ》がらはりますか?」

女は諧謔《かいぎやく》をふくんだ明るい声音でいって、吉沢を見る。その無警戒な無垢《むく》な表情は、なるほど、すれない、いいうちのおくさん、という感じである。吉沢はまるで、友人宅へ遊びにいって、友人のおくさんに手料理をご馳走《ちそう》になってる気がする。

「かつおのおどり……？」

「はい、花かつお、振りかけますねん。おいややなかったら……」

こんもりしたお好み焼きは、てらてらとソースを塗りたくられて、この上もない幸福そうな表情でいる。そこへ、かつおぶしを薄く削《けず》った花かつおが盛られる。手でかいたものではないので、花びらのように薄い。それがお好み焼きの熱でひらひらと、生きているもののようにそよぎ、

「エビのおどりやないけど、花かつおのおどり、生きてるうちにどうぞ」

と目の前へ置かれた。

吉沢は敬虔《けいけん》にテコで一きれ切って口へはこぶ。

キャベツの歯ざわりのよさ。豚の脂の沁み具合、葱と生姜の味がからまり合い、しかもメリケン粉くささは絶えてない。この粉は、お好み焼きの重要な土台でありながら、存在を主張してはいけないのだ。豚や葱、キャベツ、天カスのかげに隠れる黒子でなくてはいけない。あとへ粉の味がしたら、粉の出しゃばりすぎである。だから山芋の入れすぎも気になる。

ところが、このお好み焼きはどうだ。粉が入っているかどうかも分らぬくらい。

ほんのつなぎに入れられてあるという感じで、出しゃばっていない。「やよい」とはちがう。また「お千代」のように淡泊すぎない。お好み焼きは、あまり上品になってはいけない、というのが、かねての吉沢の持論である。どちらかというと上品な面輪《おもわ》の吉沢は、ほんというと、食べものは下品好みである。鮭《しゃけ》のシッポや皮が、身より好き、蒲鉾《かまぼこ》の板の端にこびりついたところが好き、弁当箱の蓋についた飯粒が好き、鰻《うなぎ》の頭の半助《はんすけ》と焼豆腐をたき合せたようなオカズが好き、なのだ。（女も、上品で取りすましたようなのは嫌いといわぬまでも「好きやない」のだ。妻も義母も、上品志向、上昇志向があるが。その点、この女《おんな》脱サラのお好み焼き屋は、愛嬌《あいきよう》よくハキハキしてそれでいて崩れず、そこも好もしい）

お好み焼きは多少の下品さがなくてはいけない。

豚の脂がじんわり沁みわたったいかがわしさ。

その濃厚を葱の味でまぎらわせ、紅生姜で刺激して、ミックスされたところにうさんくささがある。水で溶いて火を通した小麦粉は、人の舌を陶酔に誘う、いいがたい魔力を持っている。米もふしぎな魔力を持つ穀物であるが、小麦粉もそうなのである。

しかもお好み焼きの小麦粉は、その存在をわざとくらませて、隠し味になっている。

ソースがちょっと辛《から》めなのもいい。ウスターソースが半分ぐらい割り入れられているにちがいない。

わんぐりと食べると、瞬時に口の中でとろけそうな旨さ、あとへ、香ばしさだけのこる。

（いけるなあ……）

吉沢は水を一ぱい飲んで、また、ふたくちめのお好み焼きをテコで食べる。ほんとにおいしいお好み焼きは、ビールなんかで舌を麻痺《まひ》させたくない、水を飲んで食べるのがいちばんいいのだ。

ふたくちめも、はじめに劣らずうまい。お好み焼きの具《そな》えるべき「いかがわしさ」の要素を残らず具えている。ソースのいかがわしさ、焦げる匂いのうさんくささ、男が肩身せまく壁に向いて食べるうしろめたさ、それにもかかわらず食べずにいられない、下降志向の魔力を具えているのだ。それでいて、下品中の上品、というのがあらまほしい。

「いかがですか……」

と心配そうな女の声で、吉沢は、我にかえった。女は吉沢が一点をみつめたまま物もいわず食べているので、気になったようである。

「うまい。これがほんまのお好み焼きです」

吉沢は心からそう思う。いままで感じた、(どっかちがう……)という違和感がない。

一片一片を惜しみつつ食べる。それがよいのだ。お好み焼きは二枚と食べるものではないのだ。(三重の塔のお好み焼きは、外道《げどう》というべし)と吉沢は思う。消えゆく一片一片に別れを告げ、テコで口へ運ぶたび、

(あつつ、熱ぅ……)

といとしみつつ、口へ抛《ほう》りこむ。ほんのりと脂、ソース、キャベツの甘みが舌へ残ったと思う間もなく、去年《こぞ》の雪のように、お好み焼きは消えている。または、女のうす情けのように、といってもいい。それぐらい軽く、ふんわり焼けている。見たところボリュームありげに盛り上っていたが、食べてかるいというのも、お好み焼きのうさんくささの一つで、これも大事。

下手をするとのし餅《もち》のようなお好み焼きにもなりかねない。

吉沢は満足して金を払った。千円で釣りがきた。吉沢は決してケチではないつもりだが、この庶民のけなげな営《いとな》みが嬉しい。ネオンぴかぴか、黒い蝶ネクタイでお好み

焼きが食べられるかい、とまたもや思い、しかし我にこの郊外の小駅のお好み焼き屋あり、もはや人生に恐れるものはない、と嬉しくなる。

「ありがとうございます。お気に入ったらまたどうぞ。日曜祭日はお休みですねん。道楽仕事みたいですけど、ウチはサラリーマンのお客さんが多いので……。それと、向いの商店街のご主人がたとか。昼間は買物帰りの子供づれの奥さんなんか見えますのよ」

吉沢は、この女主人としゃべるのも楽しい。

「つかぬことをうかがいますが、亡くなられたご主人は、お好み焼き、お好きでしたか」

「いいえ、好きませんでした。人間の食べるもンやない、とバカにするんですよ……あら、ごめんなさい、こんなこというて」

「いやいや、ウチの女房《よめはん》もおんなじです。こんな美味《おい》しいもんを」

「ほんとに。でもお商売になりますと、研究すること多うて、気楽に食べられませんけど、根が好きですねんわ、わたしも」

女と会話が弾む、という、稀有《けう》の幸福を、吉沢は味わった。

数日後、またいった。二、三人の客がある。みな、男の客である。コップ酒を飲んで焼きそばを食べたりしている。吉沢はその夜は、女主人と話を交せなかったが、豚玉の味がまたも満足すべきものだったので、ゆたかな気持になった。

店の名は「とよ」というのである。もしかしたら、女主人の名前かもしれない。吉沢の人生の楽しみがふえた。

そして、ぽかっと、忘れていたことを思い出した。ずっと若いころ、会社の女と、お好み焼きを食べにいったことがある。

吉沢は入社したての二十代はじめであった。

忘年会だか慰労会だか、課の人間みんなでどこかの店へ出かけた。酔いを醒《さ》まそうとして廊下へ出て、吉沢は窓を開けた。盛り場の上に月が見えたのをおぼえている。

そこへ、（もう名も忘れたが）吉沢よりずっと先輩で年上の女子社員がやってきた。もう四十近いが、中々有能で、しかも気立てがよく、親切な女史であった。背は高くてすらりとしているが、出歯で、髪が薄い。彼女も窓の傍へ来、

「ええ月やわねえ……」

と吉沢に並んで、風に当っていた。

そこへまた一人、女子社員が来た。これは二十一、二のミス・総務課という美人である。

と、彼女を追って、男が来た。吉沢と同期の男である。吉沢と出歯女史は物のかげになって、男には見えなかったらしい。ミス・総務課のそばへ寄って、指をからませながら、

「十時に待っててや！　いつものトコで！」

と烈《はげ》しくいった。

「いやや。今日はあかん！」

ミス・総務課は一層烈しくいい、男の手を振り払った。男は「グフッ！」というようなショックの悲鳴を洩らして、しおしおと部屋に帰っていく。吉沢もショックを受けた。吉沢のほうは、

（あれ。あいつら、もう、そんな仲やったんか）

という、キリキリするような羨望《せんぼう》のショックであったのだ。

出歯女史はミス・総務課に、諄々《じゅんじゅん》といい聞かせていた。

「行ってあげたらええのに。あないカッカしていうてやるのに。行ったげなさいよ、かわいそうに。人の頼みを素気無《すげの》う、断るもんやないわ。断るにしても、そんなボロクソにいうたげたら、むごいわ」

そのときミス・総務課がどんな返事をしたか、吉沢はおぼえていない。しかし吉沢

は女史のやさしい言い方に好意を持った。二人でそのあとお好み焼き屋へいった。その頃のお好み焼き屋は個室であった。ごゆっくり、と襖《ふすま》をしめて女中さんが去ると四帖《じょう》半の間《ま》に二人きりになった。

「あたし焼いたげる」

と親切な出歯女史はいい、吉沢はじっと手をつかねて待っていた。そうそう、そのときの出歯女史の焼いてくれたお好み焼き、それが「とよ」のお好み焼きの味に似ているのだ。そうだ、吉沢のお好み焼きの理想のルーツは、女史のそれだったのだ。

「やよい」のも「お千代」のそれも、（どっかちがう……）と思ったのは、女史のお好み焼きを舌がおぼえていたのであろう。

その時の吉沢には、とびきり美味に思われた。吉沢がものもいわず食べていると、

「おいしい？……」

と女史はやさしくほほえんでいう。

「うん」

「ほんなら、あたしのも食べなさい」

「よろしいですか」

「どうぞ、どうぞ。その代り……」

吉沢は女史にホテルへ誘われてしまった。吉沢が難色を示すと、女史は諄々と説き聞かせた。

「吉沢さん、人の頼みを素気無《すげの》う、断るもんやないわ、行ってやんなさいよ、せっかく熱心にいうてるのに……」

行ってやれ、と自分のことなのに人ごとのように頼む不思議な話法に釣られて吉沢はついていく羽目になった。貫禄《かんろく》負けというものであろう。

しばらく、女史との仲はつづいた。やさしくて行き届いた女だったので、吉沢は甘えさせてもらって、それはそれで楽しかった。いつもお好み焼きを食べて、太融寺《たいゆうじ》裏のホテルへ行った。女史のお好み焼きを食べられると思うとイソイソしたのだから、吉沢はお好み焼きで貞操を売ったともいえる。お好み焼き好きは、この頃につちかわれたのかもしれない。

しかし吉沢とつきあっている間、出歯女史が、出歯ながらにどんどん美しくなっていったのは事実である。社内でもそのことに何人か気付き、吉沢は人には打ちあけないが、自分との情事が女史を美しくさせたのかと、うぬぼれていた。

そうこうするうち、女史は突然、結婚退社した。女史には相手が別にいたらしい。美しくなったのは、別に吉沢のせいばかりではなかったのだ。

——そんな思い出を、吉沢は「とよ」の女主人に話すようになっている。一週に一ぺんは必らず通う。

「僕の理想通りの味でね」

と来るたびに満悦していう。涙ぐみたいほど旨いお好み焼きを、ひときれずつ賞味する。女主人は、秘密はソースと天カスだという。ソースの調合と天カスの味は、

「ヒ・ミ・ツ」

と顔をかしげて可愛く笑う。「とよ」の女主人も、吉沢の見たところ、ますます感じよく輝くばかりにみえる。美人というのではないが、ともかく愛嬌よくて慕《した》わしいのだ。

吉沢はもう、（どっか違うなあ……）と悲しむことはない。

ただ一つ、ちょっと困るのは、「とよ」の女主人が美しくなり、お好み焼きがおいしくなるにつれて、客がふえたことだ。女客は、住宅街の夜は、ほとんど来ない。男ばっかりで、それも物静かなサラリーマン客や、自営業の店主らしいのが多いが、この頃は、いつ行ってもいっぱいである。どうかすると、

「すみません……いま満席で」

と女主人に詫《わ》びられることもあるようになった。それ見い、オレがうまいと思うお

好み焼きは、世間もみな、そう思うのや、と吉沢は半分は誇らしくもある。

ある晩、「とよ」は灯を消して閉まっていた。今日は週日で、やってるはずなのに、と吉沢は思い、かいがいしく働く女主人のこと、働きすぎて体調でも崩したか、と思う。

次の週、また一つ行き過ぎた駅で下りて行ってみる。店の灯がついている。やれやれと戸を開けると、カウンターの向うにいるのは女主人ではない。別の女で、ずっと若い。

「豚玉とビール」

と吉沢は注文し、お絞《しぼ》りで手を拭きつつ、

「ママは?」

「ママねえ、やめはりました。わたしが居抜きで店、買いましてん。ローンですわ」

「やめた?」

「再婚しはって。長いこと迷うてはったけど、店の常連の一人のお客さんと再婚して、今は幸わせに暮してはります。あ、ソースの秘密もみな、教えてもらいました。味は変らへん、思いますねん」

女はどことなくだらしない感じに太って、野放図《のほうず》の、あけっぴろげな話し方である。

「わたし？　どうしても朝早う起きるのんにがてで、ＯＬつとまれへんよって、脱サラしてこの商売にかわりましてん」

そんなナマケモノはきらいである。

吉沢は焼き上ったお好み焼きを食べる。

（どっか、違う……）

匂いは同じだが、ふわっと口中で消える神韻《しんいん》に欠ける。下品中の上品、という感じが失なわれている。これは下品中の下品である。

吉沢は金を払って店を出る。「とよ」の女主人が輝くばかり美しくみえたのは、男にプロポーズされとったんやな、と索莫《さくばく》たる思いである。

吉沢は木枯しの道をゆく。踏切が滝田ゆうのマンガそっくりにケーンケーンと鳴り、しかし吉沢のあたまの中にはお好み焼きはもはや浮ばないのである。

薄情くじら

「オバケ、というのは、市場に売ってへんもんかねえ」

と木津《きづ》は思いついて、いった。

「さあ。見ないけど」

妻の春代は冷淡《れいたん》である。

「売ってたら買《こ》うてきてくれ、鯨《くじら》ベーコンでもエエ。あれは夏のたべもんや」

「何をするんです、あんなもの」

「何する、て、食べるねやが」

「鯨って、臭いんでしょ」

「臭いこと、あらへん。尾の身の刺身《さしみ》なんか、食うてみい。トロより旨《うま》いねンで」

「そりゃそうよ、トロなみの値段やもん」

妻はせせら笑う。

「尾の身はあきらめるよって、オバケあったら買《こ》うてきてんか」

娘たちは、「オバケ」と聞いて笑うが、これは鯨の白皮を薄く切って水で揉《も》み洗いして、二、三回熱湯に通し、脂気《あぶらけ》を抜いたものである。

雪白になって縮《ちぢ》れている。これを氷のように冷やして酢味噌《すみそ》で食べる。木津はこれが好きなのである。鯨というのが、そもそも好きなのであるが、尾の身はともかく、オバケもベーコンもコロ（鯨の皮を煎《い》って油をとったあとのものだが、これがまた旨い）も安い。それが木津には気に入っている。

鯨というのは、捨てるところがないそうである。肉も皮も、あまさず食べられるところがよい。何というありがたい海の幸《さち》であろうか、なんでそれを捕ったらいかんねん、と木津は捕鯨停止を多数決で押し切った国際捕鯨委員会に腹を立てている。

「安いから好きなの？」

妻はからかう。

「いや、そやあらへんのやが、美味《うま》いんや、これが」

なんでオバケというのか分らないが、花びらのように縮くれた純白の薄皮を、リボンのような黒い皮が、縁取《ふちど》っている。

冷く軽く、ほんのりした脂気があり、これを黄色い酢味噌をくぐらせて舌へ乗せるとまことに涼《すず》しい。舌が洗われた気がする。

ビールによく適《あ》う。

「今まで食べたこと、ないのに、なんで急に食べたくなったの？」

「もうすぐ、鯨は捕ったらいかんことになるらしい。それ思《おも》たら急に食べとうなった」

「ホカにたくさん食べるものがあるから、ええやないの」

「しかし、オバケやコロは、ほかにはない。あれ、食べたいな。売ってるはずやけどな。昔は魚屋の店先に舟に盛って並べたった」

「あったかもしれへんけど、気ィつかなんだわ」

春代は気の乗らぬ声であるが、木津は一層熱が入ってしまう。

「それに安いんや、旨うて安い。あれこそほんまの庶民《しよみん》のオカズや」

「やっぱり、ケチだからよ、お父さん」

木津は家族の者にこのところ、頓《とみ》に、

「ケチ親爺《おやじ》になった……」

と思われている。中学生の娘二人はそれを口にも出す。また、

「男のくせに、やたら細かいことに口出して……」

と憫笑《びんしよう》されているらしい。

「お父さん、この頃うるさいわ、トシのせいかしらん、急にうるさくなった」

と春代にいやがられる。トシのせいはないだろう。木津はまだ四十五である。もっとも春代は木津より八つも若く世代が違う。

木津がうるさくなったとすれば、それはトシのせいではない、休日が多くなったせいである。

木津はとりたてて趣味とてない男で、まあ強《し》いていえば読書である。歴史に関する本、といえば聞えはいいが、難かしい本を読むわけではない。歴史小説とか、通俗歴史書のたぐいを好む。そうでなければ、テレビの野球を見るのが娯《たの》しみというところ。

木津の会社は最近、隔週に土曜が休日になった。もう少しすると、完全に週休二日制になるという話である。

会社は地味な金属メーカーで、社風も地味である。社長《おやつさん》は仕事一すじにここまで叩《たた》き上げた人なので、働くばかりが能、というところがあったが、世の中の流れから、休日を増やす気になったのであろう。

この社長《おやつさん》も、趣味はなさそうにみえるが、休日を何に使うのであろうか。木津のように四十五前後の中堅《ちゅうけん》、「休みがふえて嬉しい」というのは三分の一くらいで、あとは身のふりかたに困る、といっている。

若い連中はまだ子供が小さいから、家庭サービスに大童《おおわらわ》のようである。その上くらいの年代は、テニスだゴルフだと結構いそがしがっている。ぐっと年上の五十代の連中は、これがわりあい趣味人が多くて、「俳句やってまんねん」という者、『生い立ちの記』ちゅうやつをまとめて、自費出版して子供らに残そ、思《おも》てまんねん」という男、「株やな、株の研究ですわ、小遣いはみな、株で稼《かせ》ぐ」という奴、「家庭菜園を借りてます」と車に鍬《くわ》を積んで郊外へ出かける者、中には定年後、小さいスタンド割烹《かっぽう》の店でも持とか、というので女房ともども、料理の研究に余念ない男、など多彩である。老後の生活がかかっているというので、多彩活潑にならざるを得ないのであろう。木津ぐらいの年代がどっちつかずである。

木津も老後を考えないわけではないが、まだ「生い立ちの記」をまとめる気にはなれない。

(書くこと、あれへんがな)

と思う。

(五十代とは違《ちゃ》う)

五十代ニンゲンは、戦中戦後を生き延びたのだから材料豊富であろう。空襲だ、疎《そ》開《かい》だ、進駐軍だ、と、いろいろあるにちがいない。

　しかし木津はそのあとから遅れて来たので、もし書くとすれば、社会的動乱より一身上の転変しか材料はない。木津の転変といえば、両親が離婚して、母の手一つで育てられたことであろうか。しかしそういうことを書くのは主婦の手すさびなら別、大の男が書けるかい、と思う。

　俳句のように、形のある中へ語句をおしこめるのも面倒くさい。麻雀もやらないではないが、のめりこむこともできない。仕方ない、木津はビールをひっかけてテレビの野球を見るか、そうでなければ歴史小説を読んでるのである。

　そうやって家にいると、何かといろんな発見がある。

　土曜日はゴミ出しの日である。春代は黒いビニールの大袋を三個も出す。見るともなく木津はそれを眺《なが》め、

（四人家族にしては、ようゴミ出るなあ……）

と漠然《ばくぜん》と思っていたのだ。

　しかし見ていると、春代は、菓子の空箱、ティッシュペーパーの箱、石鹸の紙箱など、そのまま、ビニール袋に抛《ほう》りこみ、嵩《かさ》だかくしているではないか。

「おいおい、ちょっと待ちなさい」

と木津は口を出さずにいられない。

「その箱をなんで潰《つぶ》さへんねん」

「じゃま臭いやないの」

「そういうことをして袋を何枚も使うのは勿体《もったい》ないやないか」

木津は紙箱を潰して押し拡げ、すると袋二つ分が、ほんの少しのカサになった。

「紐《ひも》」

春代は無表情に新しい紙紐のたまを持ってくる。木津はまた言わずにおれない。

「こんなんやない、屑《くず》紐があるやろ、こんな紙屑に新しい紐を使うのは勿体ない」

「ありませんよ、屑紐なんて」

「そういうものはふだんから貯めておくもんや。よそから来た小包み、買物のときの紐なんか、とっとけへんのか」

「めんど臭いやないの」

そういえば木津は、妻が荷物の紐を、鋏《はさみ》で無造作《むぞうさ》に切るのを何度も見ている。そのときは、(あ。あんなこと、しよる……)と思ったが、口に出す間もなく忘れていた。ただ何となく違和感は残った。

それを、いま思い出す。

木津の母親はもう死んでいるが、昔風の身についたつましい慣習で、紐類は綺麗《きれい》にほどき、結び合せて長くし、たまに作って保存していた。そんなやりかたを見て育ったので、春代がブツブツと紐を切ってしまうのを見ると、ひっかかるのである。

しかし若い者は、それを見ても、咎《とが》める気にはなれなんだ。モノが豊富になった時代だから、そういうことも許されるであろうと思う。

（スカ、費消《つか》わな、景気悪うなるし、な……）

とも思う。春代と世代も違うことではあるし、と譲《ゆず》る気になる。

春代は放胆《ほうたん》というのか、鷹揚《おうよう》というのか、倹約精神は絶えてないようである。いや、勿体ない、というコトバさえ、知らないようである。特に資産家の娘というわけでもなく、ごく中流の庶民の娘なのに気前がいいのは、これはやっぱり、時代のせいであろう。

もう定年で辞《や》めたが、若いころの上司が春代との縁談《えんだん》をすすめてくれた。木津はお袋が死んだばかりであった。春代の色白の丸顔が親しみやすく、のんびりした気性も心が安らぐように思えて結婚したが、一緒に暮らしてみると、

（あ、あんなこと、しよる……）

と思うことが多くて、木津は度肝《どぎも》を抜かれた。食物のノコリモノを春代は無邪気に、ドバッと放下《ほか》してしまう。木津のお袋は、一《ひと》かけでも残ると、蠅《はえ》入らずや冷蔵庫

にしまいこみ、食べ終るまで何度も食膳《しょくぜん》に上《のぼ》らせる。しまいに、臭《にお》いをかぎながら出してくる。

そういうのを見ていたから、春代がドバッと捨てるのを見て、木津は心悸《しんき》昂進《こうしん》するのをおぼえた。

しかしそのころは、

(勿体ない)

というコトバを、木津は口に出せなんだのである。いかにも時代錯誤の、因循姑息《いんじゅんこそく》な、古めかしい精神主義の、陳腐《ちんぷ》なセリフのように思え、春代の「ドバッ」主義がまことに新時代、という気がした。古風なお袋のやりくちが、いかにもじじむさくみえ、

(いうたら悪いけど、お袋といつまでも居《お》ったら、じじむそうなってたやろなあ)

と思った。木津は七つのトシから女手一つで育ててくれたお袋に感謝はしているが、それとこれとは別である。またいえば、やることなすこと、お袋の流儀とちがう放胆な春代の生きざまに目を奪われて、お袋に死別したショックも薄らいだように思う。

そういうわけで、今まで、春代のノンビリしたやりかたに口を挟《はさ》まないできた。

しかし十五、六年たって四十五の木津は、いつとなく自然に、

（勿体ない……）

というコトバを口に上らせるようになっている。

休日が多くなって、時間の余裕《よゆう》ができ、日常身辺を見廻したせいもあるが、この頃、木津の心に、

（勿体ない、いうて何がいかんねん）

という、不逞《ふてい》なる考えが、ソロソロ芽生えはじめたのである。

（勿体ないものは、勿体ないやないか）

そういう気になってきた。

だから春代のいうように、「トシのせい」といえなくもないのだ。

木津は紙箱を潰したのをしっかり縛《しば》り、

「こういうのは塵紙《ちりがみ》交換に出せへんのか」

「いまは新聞や雑誌のほかは買わないわよ。タダでも持って帰らへんのよ、円高やもん」

「再生紙になるはずや、ゴミとして燃やすことはない。何ちゅうことをする」

「あたしに怒ったかて、知らんやないの」

「勿体ない」

つい、口に出てしまう。

更に木津は、電気のムダが気になる。会社でやかましく経費の削減《さくげん》をいっているせいか、家でも小まめに消してあるくのである。

中二の長女がソケットを遠くからグイと引っぱったりするのを見ると、

「そういうことをしてはいかん。手を添《そ》えて、チャンと持って引き抜く。乱暴なことをしたらすぐ潰れるやないか、勿体ない」

娘は、(お父さんのケチ!)といいたそうな顔をする。

(ケチやあらへん)

と木津は思う。

(ケチで妻子が養えるか)

春代は大ざっぱな女であるから、家計もドンブリ勘定である。木津はしかし、吝嗇《りんしょく》ではないから家計をこまかに指図して点検するというようなことはしない。(西洋の男見てみい、毎週なんぼ、いうてきっちり女房《よめはん》に渡して、財布の紐は男握っとる、いうやないか。サラリー渡す、ちゅうようなこと、ケチでできるか。みい、日本の男は太っ腹なんじゃ)

と思っている。

木津のいうのは、「勿体ない」ことすな、というのだ。

春代は台所の流しの水を出しっぱなしにして、ベランダで蒲団《ふとん》を叩いていたりする。木津は思わず手が出て水を止めてしまう。

「水があふれかえってるやないか、勿体ない」

これは吝嗇でいうのではない、ムダ遣いは神サンのバチ当るさかいや、と思う。

昔は「勿体ない」でさえ言いにくかったから、ましてや「神サンのバチ当る」などというクラシックなセリフは、木津には口にできなかった。しかし今はどうだ、勝手に口に出てくる。どうしようもない。

とりわけ、たべものの残りものだ。

春代は昔から、たべものの残りをドバッと無邪気に放下《ほか》すくせがあったから、今になってはじまったことではないが、木津は最近、今さらのごとく、目について仕方がない。

木津は殊更《ことさら》、気むずかしい男とは自分では思わない。しかし、若い時は見過せたことがこのトシになって気になるというのは、やはり幾らかは気むずかしくなったのであろうか。

それに若い頃は、春代も、年子《としご》の娘二人を抱えて、髪振り乱して奮闘しており、木津自身も仕事に夢中であった。些末《さまつ》なことに拘泥《こうでい》していられなかったのだ。

今は違う。

やたら目につく。

木津はなかでも、飯粒に特別な思い入れがある。トンカツの残り、味噌汁の余り、漬物《つけもの》の余りは、捨てても、

(まあ、エエとせんかい……)

飯粒ゆるすまじ、という気になってしまう。

それなのに春代は、ドバッと屑入れの三角にぶちまけて、天使のごとく無邪気である。

(女は放下《ほか》す天使や……)

とつくづく木津は思う。(男は放下さん貧士《ひんし》やな……)と思わず、屑入れにぶちまけられた白い飯粒をじっと見る。

木津は短軀《たんく》小肥《こぶと》りの体つきで、まじめな顔立ちである。前額部の毛がやや後退して額《ひたい》が広くなっているので、いっそう思慮《しりょ》深そうな、謹直《きんちょく》な表情になっている。

そういう木津が、じーっと棄《す》てられた飯粒を見ていると、一種、殺気を生ずるらしい。

「何ですか、お父さん」

春代は迎え撃つ、という詰調《きつちよう》で開き直る。

「いや、この飯粒は、これは何で放下すねん……」

「傷《いた》んだんですよ」

「傷む前に冷凍でもでけへんのか」

「じゃま臭いやないの、こんな少しのゴハンなんか」

「ゴハンは、ほかのもんと違う。放下したら神サンのバチあたる。オマエ、そういうこと、聞かなんだか、子供のとき」

遂《つい》に、いってしまった。「神サンのバチ」なんて文句は、いうまい、と思ったのに。

いい出したら、止まらない。

厄介《やっかい》な性分だとわれながら思うが、今まで怺《こら》えていた反動であろう。

「昔はな、一粒でもお米を粗末《そまつ》にしたら、目ェつぶれる、いわれた」

年子の娘たちが、キッチンのテーブルでコーラを飲んでいる。それに聞かせるようにいう。

「一粒のお米の中に、仏サンが三体いやはる、なんて昔の人間はいうたもんや」

これは木津のお袋がいっていたことである。お袋はまた、そのお袋にでも聞かされたのであろう。春代が娘たちに教えないから、仕方ない、民族の伝統は木津が受け持って伝えねばならない。

「お米というものは八十八回の手間かけて作られるのや、大事にせないかん。バチあたります」

「ウソー、農薬と農機具で大分、手間《てま》省《はぶ》けてる思うわ」

娘が口を挟む。

「そういうことをいうもんやありません。ともかく、メシツブは、ほかのもんとちがうのや」

「どう違うの？」

これは下の娘である。

「日本人の夕ベモノの大もとや。勿体ないこと、したらあかん。糊《のり》にするとか、何か方法あるやろ」

「ゴハンの糊なんてキモチ悪い。化学糊があるのに」

これも木津のお袋がしていたことである。残った飯粒をくたくたとたいて、袋で漉《こ》して洗濯物の糊付けをしていた。用途はいくらもあるものを、捨てるとは、

「勿体ないやないか」

とめどなく「勿体ない」が出てくる。歯磨きのチューブも、ぎゅっと絞《しぼ》れば、あと二、三回は使えようというのに、女こどもは惜《お》しげもなくぽんぽん捨ててしまう。靴《くつ》墨《ずみ》チューブ、マヨネーズのたぐいも、終りまで使い切っていないのではないかと疑われる。木津なら金槌《かなづち》で叩いて皆使い切りたい所だ。

この間など、妻はボロを売るといって着物を出して引っ括《くく》っていた。木津は女の着物のことなど分らないが、着物を売るなら古着屋、と思いこんでいたから仰天《ぎょうてん》する。

「それ、誰かにやる、ということはせえへんのか。こどもら、着いひんのか」

「柄《がら》が古いんですよ、それにこんな薄い錦紗《きんしゃ》、どうしようもないわ」

「羽根蒲団にこれから代えていこう、と思ってるのに」

「蒲団にするとか……」

木津は口をつぐむ。どうも着物のことは分らない。しかし木津のお袋は、着物の膝《ひざ》が抜けるまで着、ついで綿入れのでんちに仕立て、しまいに座蒲団や蒲団皮と、最後までとことん活用してたように思う。

（勿体ない……）

木津は古タオルや古毛布とともに引っ括られて売られる着物に手を合せたくなってくる。

「あれは、あたしが嫁入り支度《じたく》に持ってきた着物よ。お父さんに買《こ》うてもろたんとちがいます。実家の母が作ってくれたのよ。お父さんが惜しがること、ないでしょ、ケチねえ」

春代はぽんぽんいうが、ちがうのや、何もそんなことというて惜しがってるのやない、神サンのバチが当らへんか、と。まだ使えるもんを放下《ほか》すのは勿体ない、と、いうてるのや。

木津はわれながらボキャブラリイが乏《とぼ》しいなあと思ってしまう。「勿体ない」と「神サンのバチ」のほか、言葉ないのんかいな。

モノを大事にする、ということは決してケチやない、人のみち、やと……どうもいけない、どんどん復古調になってしまう。

言葉が復古調になると発想もそれにつれて古くなるのであろうか、春代は市の婦人会が催《もよお》している公民館の社交ダンスの会へ出かけて、

「お父さん、ダンスせえへん。向いのウメモトさんも三階のシライさんもご主人と一

緒に来たはるわ、やりましょうよ」

という。木津はその趣味はない。これも五十代六十代七十代の男は、あんがい社交ダンスに興じるかもしれぬ。しかし木津はどうしてもやる気はしない。

木津が好きで読んでいる通俗歴史書には、幕末の遣米使節《けんべいし》がニューヨークやワシントンで、生まれてはじめてダンスを見ておかしくてならなかった、ということが書いてある。「男女組合《くみあい》て足をそばだて、調子につれてめぐること、こま鼠《ねずみ》の廻るごとく」と見物の侍《さむらい》は書いている。侍たちは笑っては悪いと思うから必死にがまんしていたが、ともすると笑いたくなったという。日本の伝統にないことだから、仕方がない。

木津もそのクチである。

何だか、日本の伝統にないことは、やりにくくなった。といって、右傾化しているつもりはないが、木津としては、

（お米一粒のなかには仏サンが三体いやはる。一粒でも大切にせな、あかん）

という伝統のほうが親しみやすいわけである。

しかし一世代若い妻は、ウメモト夫妻やシライ夫妻と手をたずさえ、社交ダンスに入れ揚《あ》げているのである。そうして、

「お父さんも入りなさいよ、体にもエエわ、楽しいわよ。若返るわよ」

と木津を誘う。七十六十なら知らん、木津のトシでは中途はんぱである。この年では役付になって労働組合からもはずされるが、「男女組合《くみあい》て」のほうへも加わりたくない。美しく若い娘たちがパートナーになってくれるなら別、小山のゆるぎ出したような肥満体のシライ夫人や、白髪のウメモト夫人を擁《よう》して踊るというのは、気がすすまない。あんなオバハンと踊って、

(なんで若返るねん)

などと思ったり、してしまう。

それくらいならゴルフか麻雀のほうがいい。

女の入らぬ遊びがよい。

木津は、家にいる時間が多くなっていろんな発見をしたと思ったが、それは自分自身についてもいえるのであった。

まさか、こう「勿体ない」を口癖《くちぐせ》にいうようになろうとは思わなんだ。それから、派手なこと、晴れがましい場所、そういうのがいやになる。地味がよい。

味覚も復古調になった。だから急に、鯨の味を思い出したりする。

春代は、鯨が安いから木津の気に入っているのだろうというが、そうではなく、鯨

には木津は、飯粒と同じく思い入れが深いのである。もちろん、放下《ほか》すところが一つもないという鯨の利用価値も気に入ってはいるが。

鯨は背の肉も胸肉も旨い。胸ビレの須《す》の子《こ》、下あごの鹿《か》の子肉、腹にかけてのウネ、かぶら骨、あますところなく食べられる。内臓まで食べ、油を取り、ヒゲや歯は細工物《さいくもの》となり、骨は肥料となる。内臓から薬を作る。鯨は捨てるところがないと、物の本に書いてある。

ながいこと、木津は鯨肉《げいにく》を食べていない。

オバケの味も忘れてしまった。

コロは、おでんやへいくと、冬場には鍋《なべ》に入っていることがある。木津はそのコロで、ほそぼそと鯨と縁をつないでいる。妻はオバケもコロも鯨の赤肉も尾の身も、食べたことがないという。

「脂っぽいんやない？」

と厭《いと》わしそうにいう。脂っぽくはない。

木津はお袋と二人ぐらしのとき、鯨の赤肉ですき焼きをして食べたことがある。羊のように「クン」と鼻にくる臭味はなく、柔《やわら》かくて物なつかしいクセがあった。まだ芯《しん》が凍《こお》っている肉を薄切りにして塩をふり、血抜きをする。二、三時間もおいてから、塩と血を洗って、玉葱《たまねぎ》の絞り汁をたっぷりまぶして臭味ぬきをする。

これを厚めに切って、お袋はステーキにしてくれることもあった。木津が中学生高校生のころは、鯨捕りもさかんで、鯨肉は牛肉よりずっと安く出廻っていた。お袋の料理も巧《うま》かったのかもしれないが、木津は鯨を美味なものだと思って育った。何より腹にこたえるまで、充分食べられるところがよい。

冬にしか出廻らない水菜《みずな》と青葱《あおねぎ》で、鯨のすき焼きがはじまる。牛肉のすき焼きと違って、お袋は、鯨のときは割りしたで、炊《た》いていたようである。大皿にはあざやかな赤肉が山と盛られる。水菜がザル一杯に溢《あふ》れている。食べ盛りの木津はそれを見ると、幸福感で気が遠くなりそうである。そのころはもう、米の飯は充分あってたらふく食べられた。

水菜は葉がぎざぎざになっていて、茎《くき》がしゃんとしているので、炊いてもハリハリした歯ごたえである。鯨と水菜は出合いもので、だから鯨のすき焼きとはいわず、ハリハリ鍋といっていた。

鯨肉は炊《た》くと、木片をそぎ入れたように反《そ》った。

牛肉のように縮れない。板を重ねたようになる。

柔かく、それでいて素性《すじよう》のしっかりした歯ごたえがあり、魚肉とも獣肉ともつかぬ仄《ほの》かなクセが、慣れると頼もしいのだった。木津はものもいわずうちくらい、たちまち大皿の赤肉を平げてしまう。

その間、お袋は、鯨が出るときまって、別れた父親のワルクチをいう。

「大事にしたげたんや。オ母チャンらはお粥《かい》サンすすってても、オ父チャンには鯨のステーキを食べさせたげたのや。鯨の好きな人やったさかい。……そないして尽《つ》くしたのに、オ母チャンがあんた連れて田舎へ疎開してるうちに、女がでけてたんやわ。終戦になってオ母チャンらが疎開から引き揚げてきても、まだ切れとらなんだんやわ……とうとう、そのオナゴのトコへ行《い》てしもた。あんたも抛《ほう》ってなあ。マサカズ、もう決して決してオ父チャンとは思いなや、あんな男。薄情なオ父チャンのことなんか、忘れてしまいや……」

木津は毎度うるさくてならないので、返事もしないで食いにかかっている。奇妙に鯨が出るとお袋はオートマチックに親爺のワルクチをいう。木津は父親の顔も忘れてしまった。どこやらに兵隊姿の父親の写真があるはずだが、木津は父親の居ないのに馴《な》れて、親爺を薄情とも怨《うら》めしいとも思わない。しかし鯨肉を食べると、お袋の愚痴《ぐち》と怨み言が沁《し》みついてる気がする。

心やさしい木津は、「うるさいな」といってお袋の愚痴を遮《さえぎ》れない。お袋のほうは寡黙《かもく》な息子のやさしさに狎《な》れて、いやが上にも言い募《つの》るのである。

「あんたが七つのときや、おぼえてるか。オ母チャンらが家出たあと、すぐオ父チャンもそこ出て、女の人のウチへいってしもた。家は借家やったけど、家財道具を置いてきた思《おも》て、その家へ行ってみたんや。あんたの手ェ引いて」

それは木津もおぼえている。

いや、あんまりお袋がたびたび繰り返すので、自分の体験の如く、記憶に組みこまれてしまったのかもしれない。

大阪の場末《ばすえ》の下町、まだ終戦後三、四年というところであろうか、焼け残った長屋の一軒にお袋は入って、残してある荷物を引き取らせて下さいといった。

太った中婆さんが出て来て、机も簞笥《たんす》もウチが前に住んでた人から買い取ったというのだった。運送屋どころか、リヤカーの調達も難かしい時代だったので、お袋はあとで取りにくるつもりのところ、親爺がさっさと売り払ってしまったらしい。お袋は何だか粘《ねば》っていたようであるが、仕方なく木津の手を引いて家を離れ、

「あんな薄情な男おらへん。マサカズ、オ父チャンを恨《うら》み。一生憎んだりや」

ぐいと木津の手を引いて吐き出すようにいった。

それを、木津が高校生になっても大学生になってもいう。木津はしまいに馴れっこ

になってしまったが、鯨と母親の愚痴は、いつもセットになっていた。

そのうち、食べものが豊富に出まわり出して、鯨のすき焼きというのはしなくなってしまった。お袋は小さい郊外の市役所に勤めて木津を育ててくれたのであるが、大学を出た木津が勤めるようになってもまだ、臨時雇員で働いていた。鯨のすき焼きはもう食べないが(すき焼きはいつの頃からか、牛肉になっている。民度が向上したというのか、鯨が高価《たか》くなったというのか)その代り、コロと水菜のハリハリ鍋をよく食べた。

台所の擂鉢《すりばち》に水を張って、カラカラのコロが落しぶたをして漬《つ》けられてある。黒い皮の縁《ふち》がある、半円形の狐《きつね》色の煎りがらである。二、三日水に漬けられている。それを見ると、

(あ、コロのハリハリ鍋が近々食べられるな)

と木津は期待する。

寒い晩、すっかりふやけて柔かくもどったコロは煮《た》かれる。そのころには、鉢は脂っぽくなっている。コロは鯨の皮と油をとったあとのしぼりかすであるはずなのに、やっぱり脂気は多い。

これを切って、水菜とたき合せる。薄口にお汁《つゆ》をととのえて、鍋でたきながら食べ

るのは京風である。木津はお袋と晩めしを食うときは酒をやらないので、京風よりも、ゴハンのオカズになる濃い味つけがよい。

お袋は大阪風にこってりとたいてくれる。

しっかり脂ぬきしてよく洗ったコロを、お袋は一センチ幅に切る。

鍋の汁は、だしに醬油、みりん、ほんの少し砂糖を使う。油抜きした薄揚《うすあげ》も加え、コロをしばらく味が沁みこむまでコトコトとたく。

そのころから、いい匂いがしてくる。鯨の匂いというのはどこか、物なつかしい。

コトコトとたかれたコロはべっこう色に染みている。

大ざる一ぱいにザク切りした水菜が、お袋の手づかみで鍋に投じられる。

「それ、早よ水菜揚げや、あんまりクタクタに煮たら、ハリハリ鍋にならへん。青みの残ってる、シャリシャリするところを食べるのや」

お袋は毎度、同じ注意を与える。

木津は夢中で、コロをいくつも頰ばる。

むっちり、ぶわん、とした歯ごたえ、舌ざわりであるが、これが上々に味の沁みたときは、牛肉などの単純な味の比ではない。肉より旨いと木津は思う。むちむち、てろん、としたコロの歯ざわり、こってりした味の間に、シャリシャリ、パリッとした

水菜の淡白な味がまじり、木津はつい、

「術《ずつ》ない」

というほど、腹いっぱい食べてしまう。

「おいしいか」

とお袋は聞き、木津が腹をさすりながら、

「ウン」

というと、お袋はまたもや、

「あんたのオ父チャンはなあ……」

からはじまり、

「マサカズ、薄情なオ父チャンがな……」

になってくる。もういい若い衆になっているのに、いまだに少年のように言って聞かせる。しかしこれが焼魚だとか、天プラだののときは、この愚痴は出てこない。

お袋が死んで、鯨肉もいつか食卓にのぼらなくなった。

妻の春代はコロもオバケも食べたことがないという。

春代の母親は東京者なので、そのせいだろうと木津は思う。江戸の昔から、江戸者は鯨に縁遠いようである。

これも木津の親しむ通俗歴史書によれば、そんな江戸で一年に一日だけ、鯨汁を食べる日があったと書いてある。なぜか、十二月十三日の師走《しわす》の煤掃《すすは》きのあと、鯨汁で夕飯をしたためる慣習だったそうである。

皮鯨の味噌汁でもあったのだろうか、

「鯨汁食つてしまへばいとまごひ」

煤掃きの手伝いも帰り、あとは女たちが片づけをするが、江戸の女は鯨の臭いを嫌ったようである。鍋や椀《わん》を徹底的に洗わないと気がすまなかったらしい。川柳《せんりゅう》にはこうある。

「鯨汁四五日鍋のやかましさ」

「鯨汁椀を重ねて叱《しか》られる」

木津はそういう話をしたいが、誰に話すこともできない。鯨を「臭いんでしょ」とあたまからきめつける春代は、江戸の女の後裔《こうえい》であろう。そんな話でもできれば、木津の趣味である読書も役立つのであるが、木津が社交ダンスに興味を持たぬごとく、春代も歴史に興味はないらしい。仕方なく木津が口を開けば「勿体ない」と「神サンのバチ当る」になってしまう。

夏の終り小口《こぐち》に、木津は仕事で京都へ行くことがあり、

（そうや、錦市場《にしき》やったら、コロやオバケがあるかもしれんな）

と思った。会社へ帰らなくていい日なので、木津は寺町《てらまち》から錦小路へ入った。御幸《ごこ》町《まち》を過ぎたところで、まずオバケの舟が、山と盛り上げてあった。木津は恐悦して早速買い求める。麩屋町《ふやちょう》通りにかかるへんで、色あざやかな鯨ベーコンをみつけた。オバケは雪よりも白く、ベーコンの縁の赤は冴《さ》えて綺麗である。

（これこれ）

と木津は思う。

そうして乾物屋でついにコロをみつけた。

叩けばかんかん音がする。上等の鰹節《かつおぶし》のように冴えた音のする、よく乾いた、お育ちのよさそうなコロである。扇形の狐色で、旨そうである。全く京都というところは、

（昔ながらのものが、昔ながらに売っている……ありがたい）

このところ復古調の木津の口癖に、新しいコトバが加わった。

ありがたい、というのである。

木津は帰宅するなり、

「おい、何か鉢か鍋あれへんか、これ漬けとくねん」

と呼ばわる。春代はステンレスのボールを持ち出してきた。木津はコロを見せ、漬けておくように指示する。

春代は気味悪そうにコロをとりあげ、

「わッ。脂臭い」

とあわてて水に漬ける。

「脂でギトギトやないの」

「そんなはずはありません。あんがい、あっさり、しとるねン」

「何ですか、これ」

「鯨の皮。これ鯨油を絞り取ったあとのカスやがな。な。油を絞ったあとは、ふつうはもう役立たずや。放下《ほか》してしまうべきもんや。それを、まだ食べられるのや。しかも旨いのや。こんなありがたいもんはありません。放下すもんが、まだ食べられるという、これが嬉しいやないか、ありがたいやないか。今日び、たべもん食い散らかして勿体ないこと、しとるようやけど、見なさい、鯨ちゅうのは、カスまで食える、いうこっちゃな」

木津は教訓をぶちあげてしまう。

たしかに木津が鯨に寄せる愛執《あいしゅう》には、「カスまで食える」という満足感も、その一つの要因であろう。

「お父さんのケチ。放下すもん食べられるいうて感激してる」

妻が笑うと、娘たちはオバケやベーコンを菜箸《さいばし》でつついて見、ボールに浮んでいるコロをつつき、

「こんなん、あたし、食べへんよ。気色《きしょく》わるい」

と騒然となった。よろしい、そういうてたらええねん。コロがうまいこと煮《た》けたら、びっくりするな。

木津は自分でたいてみるつもりでいる。

その晩は、鯨ベーコンとオバケで、ビールとウィスキーを飲む。オバケには酢味噌が添《そ》えられているが、その味かげんがまことによろしい。

よく冷《ひ》やしておいたので、白いレースのようなオバケは縮れ舞って、氷より冷《つめ》たく冷えている。

一瞬舌に残るくどさを、酢味噌が抑える。

「うまいな。食べるか?」

木津は妻に示すが、妻はとんでもない、という風に首を振って、ロールキャベツなど食べている。

鯨ベーコンは塩がよく利《き》いている。

「生でたべるんですか？」

と妻や娘たちはうるさい。

「体じゅう臭くなるんやない？」

「ばかを言いなさい」

「火を入れなくてもいいんですか」

一々うるさい。

木津は、昔からこれをナマで食べるクセがある。お袋と貧しく暮らしていたころ、蝿入らずの中に、これが入っていた。お袋は仕事からまだ戻らない。少年の木津は、ひやめしに、このベーコンをナマで食べて平気であった。

いまのように電子レンジもオーブンもないのだ。たくあんと鯨ベーコンで、木津はおいしく頂き、

（ありがたい）

と思っていたのだ。

鯨ベーコンへの拘泥は、半分以上、昔の思い出のせいである。

快く、それでビールを一本あける。

「水菜を買《こ》うといてくれ」

と木津はいったが、

「水菜なんて、今ごろありませんよ。あれ、真冬のものよ」

「ほんまか!?　そやったな」

平生《へいぜい》料理にうとい木津はまごついてしまう。

「それは、いかん。コロと水菜は出合いもの、水菜がなければハリハリ鍋にはならへん。うーむ。そんなら、おでんに入れてたいてみるか」

「へんなの入れたら味が変るからやめて」

「へんなのとは何《なん》や、いつものすじ肉よりずんと味がええはずです」

「いやァねえ。その、コロだけ、たけないの？　別々にたいて食べれば？」

疫病神《やくびょうがみ》のようにコロは嫌われてしまう。木津は残念である。

「オマエらに、ほんまのおいしいもんを味わわせてやろうと思うのに。カスからでも、こんなにうまいもんがあるという……」

「ケチの見本」

「ケチやない。自然のめぐみにビックリさせたいのや」

「どうせそのうちに鯨、なくなるんでしょ」

「そやから、いま食べさせておきたい」

「そやから食べないですませたい」

口のへらない長女がいう。

「せっかく今まで食べないできたんやもの、今から食べることない、と思うわ」

木津はこのところ、中二の長女にはまともに返事したくない、大人をおちょくって
ばかりいる。妻のほうへ向き、

「それにしても、鯨、ちゅうのは旨いもんやねんで。乱獲《らんかく》はいかんけど、上手に数えて捕って食べたらエエと思う。ややこしいエサ食うてる公害の家畜なんか食べるよりり、ずっと体にええのや、思うがなあ」

やっぱり妻にしか、モノがいえない。木津はまたもや、コトバをみつけた。

「自然のめぐみ、ちゅう奴やなあ」

「だけど、ホカに食べるもんいっぱい、あるんやから、別にややこしく揉《も》めてるもんを無理して食べなくてもいいやないの」

春代は木津の執心《しゅうしん》が解《げ》せぬようである。

「ほんと、お父さんって、へんなものに頑固に執着する人ねえ」

「オマエかて、ええトシして社交ダンスなんかに夢中やないか」

「鯨とダンスは一緒にならへんわ」

「一緒じゃ。ヒトの趣味やわい」

どうもいけない。鯨を一家団欒《だんらん》のキッカケにするのはむつかしいようである。

コロは日を追って水気を含んでほとびてくる。

シッカリした肉厚のコロで、かなり、かさがありそうである。

水菜にはまだ早い季節、ということに気付かず、さっさと水に漬けてしまったのはまずかった。

木津は毎日、落し蓋《ぶた》を取って、コロの水を換え、状態を見る。もう、たいても味がよく沁みそうに柔かくなっている。

しかし、木津は料理の経験がない。お袋のしていた味付け、味はまだ舌がおぼえているが、果してその通りにできるものであろうか。

立派な、肉厚のコロは、ボールの水に浮き沈みしつつ、

「ワテ、どないなりまんのん？」

と心もとなげに木津を見上げているように思われた。

春代も、はじめての代物《しろもの》だから、やりたくないという。料理の本にも載《の》っていないという。

「その本書いたんは、東京の人間やろ」

木津は機嫌を悪くする。お袋をあの世から呼び返してこなければ、コロがたけないことになってきた。なんにしてもそろそろ、コロを水から引きあげないと、ふやけすぎて傷んでしまう。

（今夜帰ったら、あてずっぽうにでもたいてみるか）

と木津が思ったその日、会社に来客があった。名刺を見ると、「寿老ホーム長楽園寮母　瀬川まゆみ」とある。何者であろう。

未知の来客なので、木津は心当りはなかった。応接間へ通しておいて、会議のすむまで十分ほど待ってもらい、

「お待たせしました」

と応接間へ入ってみると、寮母という名刺で想像したのとちがい、美しい娘だった。

「突然うかがいまして申しわけありません。お電話でご都合《つごう》をうかがうはずでしたけれど、別の用で、ついこの近くまで参ったものですから……。わたくし、瀬川まゆみです」

ハキハキしたものの言いぶり、おちついた物腰では、二十六、七にもなっていよう

か、と木津は思う。しかし何とも美人なのだ。

白粉気《おしろいけ》のない面輪《おもわ》に、柔かい微笑を浮べ、グレイのスーツに白いブラウスという地味な装《よそお》いだが、学校の先生よりも砕《くだ》け、キャリアウーマンよりも柔かな人あたりで、むしろベテランの看護師さんが私服で来た、という風情《ふぜい》だった。なるほど老人ホームの寮母さんというのは、こういうタイプなのかと木津は思う。

それにしても、木津が好感をもったのは、瀬川まゆみの柔かな、いい表情と、明晰《めいせき》な話しぶり、きりっとした口調である。

「さぞびっくりなさいましたことでしょうが」

と、彼女は若いに似ず、言葉惜しみしない。

「実はわたくし、長楽園で坂本正太郎さんのお世話をしておりましたが、正太郎さんが先日、お歿《な》くなりになりまして」

それは親爺の名である。三十何年ぶりに親爺の消息を聞く。死んだのか。

「ホームに長く入っていたんですか」

「三年でございます。寝たきりでしたけれど、頭ははっきりしていられました。息子さんのほうでお葬式はすまされました。奥さまはもう前に歿くなられたように聞いています」

してみると親爺は、木津とお袋を捨てて一緒になった女にも先立たれたらしい。その女との間に、息子が出来ていたのだろうか。

「実は、今日まいりましたのは」

と瀬川まゆみはハンドバッグを開けて封筒を取り出した。

「坂本さんのお爺ちゃんが——あの、園ではそう呼んでいたものですから——いつも、この、写真をわたくしたちにも見せて、もう一人息子がいるって……あの、自慢なさって。封筒に、こちらさまの名が書かれていましたので、お爺ちゃんは、ここへ届けてほしい、と思われたのかしら、と思ったものですから、差し出がましいかと思いましたが、お届けにあがりました」

木津は大型封筒を開けてみる。

ぱらぱらと古い写真が出てくる。

みな、木津の子供の時の写真である。

裏返すと、

「正和。小学四年。運動会」

などと、お袋の字で書いてある。

「正和。中学卒業式」

というのもある。

いちばん新しいのは、写真はないが、メモに木津の会社の名が書いてある。就職先を知らせたのであろうか。これもお袋の筆蹟《ひっせき》だった。

その会社の名と、木津の名が、封筒のおもてに書き写してある。震えた字である。

これが親爺の手であろうか。

それにしても、別れた親爺のワルクチばかり言いながら、お袋は木津の写真を送りつづけていたのだろうか。親爺のほうから、それを求めたのだろうか。お袋があえて送りつけていたのだろうか。

どちらも死んだ今となっては、わからない。

ただ、木津の思うのは、

(あれだけワルクチいうてて、オレに黙って、ようこんなこと、しとったもんや)

という感慨である。お袋は親爺と無縁で過していたのではなかったらしい。木津の成長を知らせつづけていたのであろう。

(夫婦とは、けったいなもんやなあ)

と思う。

「いつも、お爺ちゃんはその写真をくりかえし、じーっと見てらっしゃいましたわ」

と瀬川まゆみは言い、

「おとなしい、手のかからないお爺ちゃんでした。亡くなられる二、三日まえに、鯨のコロが食べたいとおっしゃって。園は山の中でございますので、園長さんの車を借りて、わたくしが阿倍野《あべの》の近鉄デパートまでいって捜してまいりました。たいてさしあげたら、とても喜んで下さって」

「それはお世話になりました。ありがとうございました」

木津は生まれてはじめて、親爺のために、人に礼をいう。最初で最後の挨拶であろう。

やっぱり、親爺、鯨が好きやってんなあ、と思う。お袋は、親爺と文通していることを木津に隠し通して死んだが、親爺が鯨好きだったということは、少くともウソではなかったわけである。

「それではこれで」

瀬川まゆみは立ちあがる。

「あ。待って下さい、もう少しすれば僕も出られるんですが、お急ぎですか」

「今日はお休みですので、急ぎませんけれど」

「食事でもいかがでしょう」

木津は、キリキリしゃんとしたこの美しい娘に、好感を持っている。コロのたきかたなど、聞きたいという気になっている。

それには、親爺がにわかに身近に感じられて、お袋と親爺のたたずまいに、ふんわりしたいい気分になった、その快感も影響している。

封筒を受けとって、（大きに、ありがとう）と帰すのは勿体ないではないか。

木津は地味に生きたいという、かねて抱懐する所信もうち忘れ、この娘となら、社交ダンス講習会にいってもよい、という浮々した気分をちょっと感じてしまう。

「でも突然うかがいましたのに、それではあまり失礼で」

「いやいや。親爺がお世話になったお礼もありますし」

みい、――と木津は妻に、胸の中で呼びかける。

鯨は放下《ほか》すとこ、あれへんのやデ。

なんでも、役に立つやないか。

木津は封筒を上衣のかくしに入れた。顔も忘れた親爺と、

（鯨はうまいなあ……）

と言い合って酒を飲むような気がして暖いものが胸にひろがるのをおぼえる。あのコロは、この娘と二人で食べてみたい。

たこやき多情

お袋が持ってくる縁談というのは、どれも中矢《なかや》には気にくわない。

中矢は母一人子一人なので、お袋と同居する、というと、見合いをした娘はみな尻《しり》込《ご》みしてことわってきた。今まで三十ぺんくらい見合いして、たいてい向うからことわられている。

お袋の持ってくるのは、

（同居でもかまいませんわ）

という娘である。

（私はゆきとどかない人間なので、お姑《かあ》さまにいろいろ教えていただくほうがいい、と思います）

といったなどというのを聞くと、中矢は、

（うそこけ――）

とどなりたくなる。

中矢は三十九である。

農村の嫁飢饉《よめききん》どころではない。

「母一人子一人」男の嫁飢饉は、年々、都会でもひどくなっている。それでも中矢も若いころは相応に、女の子にもいろいろ、かまわれたのだ。色白だががっしりした体つき、髪の毛がふさふさと黒く、腕にも胸にも黒い毛が密生している中矢は、会社の女の子たちに、

（いやァ、中矢さん、胸毛あるねンて）

（ひゃあ、ほんま？）

などともてたのである。べつに無愛想でも偏屈《へんくつ》でもない中矢は、それ相当に女の子たちともつきあえたのであるが、結婚ということになると、

（え。同居。お姑さんと。あ。そう）

という感じで、女の子は潮の引くように浮足立ってしまう。

中矢も、まだまだ早いと楽観していた。そのうちに三十が近づき、同期の同僚は次々と結婚する。女の子はやめていき、新しい子が入ってくる。年齢が開いてくるから、女の子とつきあいにくくなってくる――そのうち、中矢の前額部の毛は薄くなって後退してきた。

今日びの若い娘は遠慮のない野放図《のほうず》なのが多いから、ワイシャツの腕をまくって仕

事をしている中矢のそばへ来て、

（うわ。凄《すご》いな。ちょっと触ってもよろしですか。課長さん）

（なに？）

（あの。この、手）

なんていい、中矢の返事もまたず、好奇心の炎むらむら、という感じで、興味深そうに中矢の腕を撫《な》でたりする。

（凄い毛ですね、フサフサと。フーン）

といわれると中矢は、自分が人寄せパンダになったような気がする。北海道の観光牧場の入口につながれている熊のようでもある。

（凄く毛深いんですね。フーン。胸毛、ありますか？）

この頃の若い娘の躾《しつ》けはどうなっとるのだと中矢は返事もできない。

（ここがこんなに毛深いのに、どうして頭、禿《は》げるんですかァ？）

からかっているのではなく、しんそこ、不思議そうで、科学的探究心に燃えた純真な眼をみはっていう。

（そういう、人の肉体的特徴についてしゃべるのは、たしなみのあることとはいえません。——こらこら、ええかげんにせんかい）

中矢は自分でも、腕に密生する黒い、ツヤツヤした毛がきらいである。それをズケズケいう若い女の子もきらいである。ついでに、「密生」とか「フサフサ」という言葉さえ、きらいになってくる。

ズケズケといえば、若い娘たちは、タシナミ、ツツシミ、という古来の日本語のあることさえ知らぬようで、女の子の声高なおしゃべりを聞くともなしに聞いていると、

(あたしら、絶対、結婚しても親とは別居やわ。あたし、四十や五十の人とは、ようつきあわんもん。自分の親でもつきあいきれへんのに)

(そうよゝ。この頃は長生きの年寄り多いから、まだその上の世代がいるわよ、絶対同居反対！　トシヨリきらい！)

(なんで年寄りの面倒なんか見んならんのん。ねーえ)

(そうよゝ。ねーえ)

とうなずき交《かわ》し、この頃では中矢もあきらめ果てたというか、麻痺《まひ》したというか、若い娘のむきだしのエゴに慣らされてしまったのだ。しかしそのズケズケ言いは正直でもある。正直すぎて中矢の若禿げに好奇心を持つのは腹立つが、しかし、お袋の持ってくる縁談の娘が、

（お姑さまにいろいろ教えていただく）

なんていう偽善より、数等マシである。中矢は独身でこのトシまで来て、もはや女に幻想を抱かなくなってしまった。

偽善に比べれば、ズケズケ言いでも正直なほうがいい。しかしお袋は、そうは思わない。

「こんな、ようでけた娘はんはあらへんのに、なんでそう、気に入らんねん」

という。

「しおらしい人やないか」

その、しおらしい人、というのが中矢はきらいだ。眉唾《まゆつば》ものである。中矢は昔読んだ吉川英治の小説の「宮本武蔵」を思い出す。あそこへ出てくるお通《つう》という女は、いちずに武蔵を慕《した》って、しおらしいようであるが、中矢はああいう女が不快である。いちずとか、ひたすらとか、しおらしいとか、いう女こそ、中矢には悪女のように思える。中矢は独身主義ではないのだが、いちず悪女にべたべた、まといつかれるのだけはごめんだ。中矢にも選ぶ権利はあるのだ。

見合いして気に入ったのなら別、見合いもせぬうちに殊勝《しゅしょう》なことをいう女は、うさん臭い。

「何を文句ばっかりいうてるねん!」

お袋は、自分が奔走して捜して来た縁談に中矢がいつも難色を示すので、怒りたって逆上する。するとズケズケ言いになる。お袋も容赦《ようしゃ》しない女である。

「そんなこと、いえる柄《がら》かいな、あんた、自分のアタマ見てみい、ボチボチ禿げかかっとんのに、贅沢いえる柄か、考えてみい」

考えずにおられようか。中矢の会社を去年定年退職した安田というおっさんは、お袋と二人暮しで結婚しそびれ、とうとう定年を迎えたのである。九十のお袋がまだ健在という。中矢は慄然《りつぜん》とする。あない、なるのとちゃうやろか、と思うと目の前が暗くなってしまう。

中矢は、母一人子一人といったって、自分ではマザコンではないと思っている。中矢はお袋が好きではない。親爺《おやじ》が死んで十五年になるが、お袋は近くの雑貨店でパートをして働き、一昨年、六十になって、やっと家にいるようになった。家は古いが祖父の代から住んでいる持家なので、家賃は要《い》らないから助かる。お袋は中矢の結婚資金をせっせと貯めてくれたのである。それを思うとふびんであるが、しかしお袋と暮すのにもう、飽《あ》いてしまった。

「自分のアタマ見てみい！」

には、わがお袋ながらカッとする。

しかしお袋がキライだという不徳義な秘密は口外できないから、中矢はその大きなひけ目を心に抱き、黙っているのである。

息子が黙っていると、お袋は、カサにかかっていう。

「人が持ってくるのにケチばっかりつけるんやったら、あんた自分でみつけたら、どないやねん。アタマ禿げ出したら、女の子も寄って来え《け》へんのやデ!」

中矢はシミジミ、金属バットを振った青年の心理に共感する。それでいて、お袋を抛《ほう》り出すことはむろん、出来ない。骨肉というのは厄介《やっかい》なものである。

「去年のもそうや」

お袋はまた、グチになった。

「あんな別嬪《べっぴん》の、ええ娘さんやったのに……怒らしてしもて」

「あれは、僕が悪いんやない、たこやきが悪いんや」

「あんたがしょうむないもん、好きやからや」

「僕が誘《さそ》たんやない、向うが誘たんやから、しょうがない」

それもお袋の持ってきた縁談である。見合いをしてみると、効能書通り、ほんとに美人だった。背がすらりと高いのは、踵《かかと》の高いパンプスを履《は》いているせいらしいが、険《けん》はあるものの、女優のような美人である。中矢は掘出しもんかもしれへんなあ、と弾《はず》んだ。

喫茶店へでも入ろうと思っていると、その女の子は、「たこやきがいい」という。これは気取らない子だと中矢は嬉しくなって、

「どっかにありますかねえ。実は僕も好きなんですワ。……」

と、きょろきょろまわりをさがした。

「あそこ」

と女の子は消えかかるような声でいう。中矢は、たこやきというと屋台ばかり考えていたが、女の子のいうのは店構えもしゃれた「明石焼《あかしやき》」の店だったのだ。

中矢はずっと前に食べたことがあるが、ふわふわと歯ごたえがないので、たこやきの仲間に入れていなかった。

「あたし、あれ、好きなんです……」

と彼女がいうので、黒い格子《こうし》の店へ入った。

障子《しょうじ》が白々として、民芸風なインテリアになっている。縄の椅子に坐ると、黒い塗りの板に、黄色いふんわりした丸いのが八つ並んで出てくる。それを、薄味のだしにつけて食べるのだが、口中でふわっと消えてしまい、おいしいのかどうかもわからな

い、あとに、蛸《たこ》のコリコリしたのが舌に残るだけ、中矢にはたよりなくて、それより熱くてたまらない。しかも、しばらくおいておくと、たよりなくしぼんでいく。

「何や、風船みたいですな」

「でも上品です」

女の子はふうふうと吹きつつ、慣れたように箸《はし》ですすりこむ。

箸で食べるたこやきなんて、たこやきやあらへん、と中矢は思う。更《さら》にいえば、黒い格子も白い紙障子も、縄の椅子も要らん。たこやきは、こんな料理屋みたいなトコで食べるもんとちゃう、と中矢は思っている。やっぱり屋台のおっさんや、おばはんが焼くのを、爪楊子《つまようじ》で一つずつすくって歩きながら熱いのを、ぱくっ、ぱくっと食べ、蛸のプリプリを、かすかに舌でさぐりあてる、それがいいと思う。

「あ、熱《あつ》、つつ」

と中矢は驚いた拍子に、ぽたっと一つをズボンにこぼしてしまった。中味はゆるいので、まるで生卵を膝で割ったように、ズボンが汚れ、これも中矢は不快である。たこやきは転がしたら、ころころと下へ落ちるべきもんだ。

「それは屋台のたこやきですわ。でもここのお店のは上品なんです」と女の子はいった。

「上品かもしらんけど、こない歯ごたえないのは、頼り無《の》うていかん」

「いま、これがハヤってるんです」

「ハヤってるかもしれんけど、僕は好きになれんな。ええ恰好しィや」

「あたしは屋台のたこやきなんか、月見団子みたいで食べる気になりません！」

たこやき論争になって女の子は席を蹴立てて帰ってしまった。たこやきで論争できるのは中矢の望むところであるが、それなら友好的に論争したいものである。美人は反対されたことがないせいか、中矢が反駁《はんばく》すると憎ったらしそうに見据《みす》え、この上品な、ぽたぽたのゆるいたこやきのよさのわからん奴は田舎者や、とばかり唇をゆがめて中矢をにらむ。そのまなざしには、(死ね、若禿げ)とでもいうような激越さがあり、中矢は、

(美人ちゅうもんも、悪女のうちやな)

と思った。しおらしいのもいかん、美人もいかん、となると、

「勝手にしなはれ！」

とお袋がふてくされるはずである。しかし中矢は昔のように、

「うるさいな！」

とお袋に口答えすることはない。年齢が締って気持が練《ね》れ、お袋にふびんがかかるのと、

「屋台のたこやき好きやわァ」

という女がみつかったのだ。その女と、ただいまのところ、「たこやき友だち」になって、これはまだ誰にもいわないが、いい気分でいる。

中矢は家ではむろん、たこやきなんて食べない。お袋は屋台で売っているものに偏見があり、たこやきのことを「メリケン粉の団子」という。

この頃は子供の頃から、夜店やお祭でたこやきに馴染《なじ》んでいる。

中矢は大阪の町の盛り場には、何軒も出ている。中矢は若い者を連れて飲みにいき、小腹《こばら》が空《す》くと屋台で買わせて、道ばたで食べたりする。ソースのこうばしい匂いに、まったりした味というのは、一つ食べるとあとを引き、一舟すっかり平らげてしまわないとおさまらない。

「これ、東京におまへんなあ」

東京へ出張した青年が、感に堪《た》えないようにいう。

「銀座で、夜売ってたんは、餅をノリで巻いたんや、みたらし団子でした。僕、たこやきさがし歩きましたけど、おまへんでした」

「あれへん、あれへん、あるかいや」

中矢はことさら大阪びいきではないが、ことたこやきに関する限り、郷土愛をかきたてられる。どこへ行っても町なかで、たこやきが食えるて、これこそ、文化都市、いうもんちゃうか、と思うのだ。

中矢は会社の帰りに、郊外の駅で下りて、駅裏の盛り場で飲むこともある。一人で待っているお袋にふびんが掛るが、その調子で定年まで母一人子一人になるのかと思うと、ぞっとしてしまって、家もあの世と同《おんな》じや、せいて帰るとこちゃう、と思ったりするのである。

盛り場は小さい児童公園と駅に挟まれている。公園は、夜、灯がつくが、人影はない。中矢は公園のそばに、雨でなければ出ているたこやきの屋台で一舟買って、公園で食べることもある。

屋台は、もっさりしたおばはんがやっている。中矢はその晩、いつものように屋台の前に立って「一つ」といった。近頃、やかましくオートバイを飛ばすのが駅の周辺にいて、その轟音《ごうおん》で、おばはんは聞きまちがえたらしい。

なんや忙しげに、仰山《ぎょうさん》焼きよるなあ、と中矢が見ていると、おばはんはスチロールの舟にぽんぽんと、焼けたたこやきを並べ、ソースを塗り、青のりとかつお粉をふりかけて紙をかぶせたのを二つ、新聞紙に包もうとする。

「あ、一つやで」

と思わず中矢はいう。

「あれ、二つとちゃいまんのか」

おばはんがいうと、中矢の後に並んでいた女が、

「あ、あたしそれもらうから」

といった。それで中矢は、二つ引き受けなくてすんだ。十五コ三百円である。

梅雨寒《つゆざむ》というような、ふと肩先の冷い晩である。

こういう夜は、たこやきの暖《ぬく》みが何とも慕《した》わしい。しかもソースの匂いと、新聞紙のインキの匂いの混じるうさんくささが、物なつかしい。

たこやきは、本当は、歩きながら食べるもんや、と中矢は思う。行き交《か》う人が、羨《うらや》ましそうに、あるいは共感の一べつをくれる、それを意識しつつ、爪楊子で一こずつすくいあげて口へ抛《ほう》りこみ、舌を焼きつつ、

「ぐ、ぐ、あつっ」

なんていいながら、それでも人目を避けて道の片蔭をひろいあるき、立ち止まってはまた一つ、爪楊子に……というのがよい。

しかし中矢は、この頃はたいてい、公園のベンチに坐って、新聞紙をほどくことにしている。野良猫しかいないから、ゆっくり、心ゆくまでたこやきを楽しむことができる。

「かまいません？」

と、ふいに女の声がして、さっきの女がベンチへ坐った。

「どうぞ、どうぞ」

中矢は、その女も嬉しそうに手に、たこやきの舟を捧《ささ》げているのを見ると楽しくなる。

「たこやきは一人で食べるもんのようでもあり、みんなと食べるもんでもあり……」

などといいながら迎えたのは、少し、酒の気が残っているからである。

「ううう……この、匂いがたまらんねんわ……」

と女はいった。愛嬌《あいきよう》のいい女である。

新聞紙の上から匂いを嗅ぎ、急いでめくる。

ＯＬのような感じだが、ノビノビした女である。

中矢は爪楊子で、甘いとんかつソースのかかった一こを、わんぐりと口へ抛りこむ。と、蛸がとび出して――というほど、大きい蛸ではないが――熱かった。ちょっと、ねたッとした舌ざわりであるが、味はわるくない。

「熱ゥ」

と女もいって、

「あ、ちょっと待ってて下さい。ここへ、置かして下さい」

と、たこやきとバッグを置いてどこかへ駈け出していった。機敏な物腰である。中矢が二、三コたべているうちに駈け戻って来て、

「はい」

小さい缶ビールの冷えたのを一個、渡してくれる。

「いやア、これは……」

「あたしね、たこやき、ビールで食べるのん大好きなんです」

「そうです、そうです。熱いのんで咽喉《のど》を焼く、それをビールで鎮《しず》める、という、これが旨《うも》うてね」

たこやきは、紅生姜《べにしょうが》もはいっているらしくて、ぴりっと辛《から》い味もあとへ残り、それとともに、青のりの匂いにも気付く。今まで、あんまり熱いのと、ソースの味に気を取られていたのが、やっと、落ち着いて、たこやき本来の味が賞味できるようになる。

「少し、まったりしますね、日清製粉のメリケン粉だけではないみたい」

と女はいって、缶ビールをぐっと飲む。

「うーん。メリケン粉の銘柄まで分りますか」

中矢が感心すると、

「分りませんよ、そんなこと」

と女はころころと笑った。口は大きいが、愛嬌のある頬ぶくれの面立《おもだち》で、女の子というほうが似つかわしい。

「あー。美味《おい》しかったナ」

と爪楊子までねぶるのであった。

何だかそのさまが無邪気で可愛く見え、中矢は心をそそられて、

「もう一舟、買《こ》うてきましょうか」

「いいえ、こういうものは、もうダメ、と思うとダメね。それに、これだけ、と思うからおいしいので、まだあると思うと、つまらないでしょ」

「そうそう」

「これ、かつおの粉が、ちょっと、粉っぽかった」

「そうそう」

「でも屋台のやから、仕方ありませんわね、よくできてるほうやと思うわ」

「そうそう」

 やっぱり二人で食べるたこやきは旨い。

「お好きですか、たこやきは」

「子供の時から好きでした。あのう、家で母が焼いてくれたのは、チョボやき、というのんでしたけど。お家でなさいませんでした?」

 お袋は、お好み焼きやたこやきのたぐいは、すべて下品と排斥していたのだ。しかしたべものは、下品なほうが旨い。

「チョボやきってどんなんです」

「たこやきの小さいようなもの。小さい穴に、葱や紅生姜や、こんにゃく、干しえび、なんか入れて、お醤油をひとたらしずつ、たらしていくの。それを千枚通しでクルリと裏返してたわ。あたし時々、今も、家でいたずらして食べますの」

「それも旨そうですな」

「でも小さいから面倒で。あのう……」

 女の子はハキハキいった。おしゃべり好きな子らしい。

 中矢は、この頃の女の子が、未知の男にもおめず臆せずしゃべるのに感じ入ってしまう。中矢ぐらいの年齢であると、女に、こんな風にしゃべれるのは、同級生たちにだけである。

会社の女の子でもそうだ。気臆《きおく》れもせずツカツカと中矢のそばへ来て、腕を撫でさすり、「うわ、凄い。フサフサしてるんですね」などと人寄せパンダ扱いするではないか。この女の子が、たこやきのうんちくを傾けてしゃべるくらいはごくごく普通なみなのであろう。

「明石焼、いうのありますねえ」

「あります、あります」

「あれ、お好きですか」

「モヒトツ、ですな、僕は」

あれで見合いをパーにしました、と中矢は思う。

「あたしもです。ふわふわして頼り無《の》うて。口へ入れたらもう溶けてるんやもの、そのくせ、だしでトロトロすすってると、わりにおなか、ふくれるんですよ」

「それはありますな」

「ですから、お酒のあとの、茶そば代りに、食べるのがええかもしれません」

「卵の味はよろしかった」

「そうね、あたし卵も好き。卵なら、どんなたべかたも好き」

「僕も、そういうトコある。しかしあれこれやって結局卵は、煮抜きが一番ですな」

「そうよ、あたしお弁当も、煮抜きの堅茹卵《かたゆで》なんか入れるのん好き。あの、もっとおいしいのは、豚肉の角煮《かくに》のお汁《つゆ》で、煮抜き卵を煮《た》くこと。これね、煮《た》いたら、そのお汁《つゆ》の中へ二《ふ》タ晩くらい、漬《つ》けるんです。そうすると、お汁が卵の中の黄身にまでしみて、おいしい！」

「もっと旨い卵は、ライスカレーの皿に割り入れる生卵ですな」

中矢がいうと、

「あ、あたしもやります、やります」

と女の子はいって二人で笑ってしまう。

「皿から溢《あふ》れ出て、黄身が垂れそうになるのを……」

「あわててスプーンでかき寄せて、ライスカレーの中へ突っこんでしまう……」

「熱いカレーと、冷い生卵が混じり合って、何とも妙な、でも舌が身震いするほど嬉しい感じ……」

「舌の身震いはよかった」

中矢は笑った。久しぶりに笑った気がする。ことに知らない女の子と闊達《かったつ》にしゃべったり、笑ったりできるというのはありがたい。見合いであると、どうしても取りつくろってしまう。それに、見も知らぬ相手では、お互いにそろそろと双方から棹《さお》を繰り出して相手の水深を計り合う気味があり、思い切ったことがいえない。たまに本心を吐露《とろ》すれば、(死ね、若禿げ!)というような凄い目で睨《にら》まれる。おちおち、心をひらいてしゃべったり、笑ったり、できない。

その点、この女の子はいい。

ことに、ヌーとした、あっけらかんの感じがいい。

自分を美人にみてもらおうとか、しおらしい女に見てもらおうという気がないところがいい。

話の合間に、体をゆすって、

〽フム、フム……フーンフーン……

なんて、なんの曲か、鼻歌を唄ってるのもいい。

自分がほんとに楽しんでる、ということを相手に知られて平気、という、自信ある生きざまがいい。

いや、そう大仰《おおぎょう》なものではなく、彼女も中矢同様に、少しアルコールが入っていて上機嫌なだけかもしれない。それでもいい。酒を飲んで、道ばたのたこやきを男と一緒にたべ、缶ビールをあおっているというのは、世間なみの基準からいくと悪女かもしれないが、中矢はこういう悪女なら好きなのである。もしこの女の子が、中矢のお袋のすすめた候補者であれば、中矢は喜んで承知するのであるが、……しかし彼女の様子を見ると、まちがっても、

(私はゆきとどかない人間なので、お姑《かあ》さまにいろいろ教えていただきたい)

とは、言いそうにない。

といって、会社の新人類の女の子のように、「トショリ、きもち悪い」などと非人道的なことを言うとも思えない。

どういうかは分らぬが、もしそういう場になったら、いかにも、

(女の本音)

でありながら、やさしいコトバを吐きそうな気がする。

中矢が、(ほんとは短い時間なのであるが) さまざまなことをそれからそれへと考えつづけている間、彼女のほうはひたすら、たこやきのことを考えていたらしく、

「たこやきは家でつくるとあきませんね」

「そんなもんですかな」

「お味はある程度のところまでいけると思いますけど、でも家でつくってしまうと、

とことん食べるでしょう。ほしいだけつくって食べてしまうと、もうあと、二度と見るのもいやになる気ィして、あの、何ですね、おいしいものは家でたらふく食べたらあきませんね」

「それはいえてるかもしれん」

「お味のほうも、もっとおいしくおいしくと、蒲鉾《かまぼこ》やこんにゃく、えんどう豆やらミンチやら、いっぱいつめこんでしまいそうな気がする。欲深うなるんですね、節度が無くなるのかもしれへんわ、やっぱり、おいしいものは外で、ということです」

中矢は男や女もそうではないかと考える。おいしいものは外で、となると、人間、結婚したら、幸福になれないのかもしれない。「おいしいものは家でたらふく食べてはいけない」、愛もむさぼってはいかんということになる。

どちらからともなく、そのうち、

「ミナミへ、たこやき食べにいきましょう」

ということになる。女の子は、浦井テル子と自己紹介した。会社は日本橋だという。中矢も名刺を出す。

「あの、ミナミにしかない、おいしいたこやき、ありますねン。それご紹介したいわ」

二人は肩を並べて公園を出る。二人とも駅前からバスに乗るのであるが、方角は反対である。テル子は上半身に比べると、下半身のほうが肉がしっかりついていそうで、ジーンズを穿《は》いているが、お尻はぷりぷりしていた。中矢が考えている二十六、七より、もっとトシを食ってるかもしれない。

「それ、お醬油《しょうゆ》味なんです」

「たこやきはソースに限ると思うけど」

「お醬油もおいしいんです。それに、味付の中へ醬油が入ってるから、青のりもかつおも振らんでもよろしのよ」

「それではたこやきになりまへんが」

と互いにあらそい合うのも楽しい。

「まあ、試してみて下さいって」

とテル子は自慢げにいう。中矢は、ソースも青のりもかつお粉もないたこやきなんて、

「ツルンとしてて、美的見地からもほど遠い。あれはツヤツヤとソースが掛って、そこへ、青のりやかつお粉が、べちゃっとくっついてる、爪楊子で一つをはがそうとしても、ソースが糊《のり》みたいにくっついて中々はがれへん、そのもどかしさも、うさんく

さい楽しみの一つなんですがなあ」

テル子に反撥させようとして言い募《つの》っている。

「あら、何もついてなくても充分、食欲をそそりますよ」

「焦《こ》げ目か何か、ついてますか」

「焦げてません」

「ほな明石焼になってしまう」

「だしなんか、つけませんって！　まあ、あがって頂戴。というて、べつに、あたしがやってる店やないけど」

「何ていう店でんねん」

「味たこ」

「名前はよろしな」

「フフフ」

駅前通りを突っ切ろうとした二人の鼻先を掠《かす》めるように、一台のオートバイが爆音を立ててすっ飛んでゆく。バリバリというような物凄い音だった。テル子は「フフフ」と笑った余韻《よいん》がまだ口調にひびいてる声で、さらりと、

「あたし思うねんけど、あの暴走族らが大きい音たてるのは、しばらくやってへんか

ら、アタマに来てるのんとちがいますか」

「何をやってへんのです」

「意地悪《いけず》」

テル子は中矢の脇腹をつつく。今日びの女の子は全く放胆である。「やる」とか「やってへん」とか女の子のいうことと違うと思うのに、テル子はヌーとして放言する。しかし中矢はそれも楽しい。と同時に、平気で、しれっとそんなことをいうところ、思ったよりもっと、トシ食うとんのちゃうかと思うが、よくわからない。駅前は明るいようではあるが、雑多な色の光で、案外、顔色など見にくい。しかし、表情はゆたかで、眼も唇も大きく、よく動き、愛想のいいことはまちがいないように思われた。気持のよい女の子であった。

約束した日は雨になった。屋台のたこやきは雨の日は出ないので中矢は、テル子の会社へ電話を入れてみる。先夜より明るい声で、

「雨でもよろしいのよ、お店は、中で坐って食べられるようになってますから」

といって、

「楽しみにしてましてん。嬉しわァ」

という。

そんなことをいうて、相手に見くびられへんかという警戒心はないらしい。抛っといたら、会社の中なのに、〽……フム、フム……フーン、フーン……と唱い出しそうな陽気な声である。こういう陽気な女が中矢は好きである。お通《つう》型悪女は陰気でひがみっぽく、中矢のもっとも閉口頓首《とんしゅ》という女である。

会社が終るのが久しぶりに中矢は楽しみであった。麻雀の声が掛らぬように、連中をうまく避けて会社を出る。梅田の会社から、地下鉄で心斎橋《しんさいばし》まで行き、地上へ出ると、かなりの雨脚《あまあし》だったが、中矢はひるむどころではない。うっとうしい梅雨が、今夜は、

（ええ雨やな）

などと思える。それに地下鉄から心斎橋へ出ると、アーケードのおかげで濡れずにすむ。

待ち合せのバーは中矢が指定したのである。

笠屋町のビルの二階のバーに、テル子は心もとなげな顔でポツンとカウンターにいた。

灯の下で見ると、近代的なおたふくというような、中々好感のもてる顔である。中矢をみつけて、ホッとしたように見る見る、大げさなくらい、嬉しそうな顔になる。

「いやー、知らんお店に一人いるのん、心細かったわァ」

「ごめんごめん」

いまや全く、中矢は、もう長い間の恋人にいうような声が出てしまう。しかし待ち合せ時間まで、まだ十分もあるはずであった。

「えらい早いねんな」

「うん、あたしせっかちなんですよ。待ち合せにおくれるの、いやなの。ついつい、早く来ちゃう。早漏《そうろう》気味なの」

「そういうことを、いうもんやない。女のタシナミです」

中矢はつい、課の女の子に訓誡する声になる。それにしてもこの頃の女の子はどうなってるのや。はしたないことと、はしたなくないこととの区別もつかぬようである。何を考えてるのかわからない。

テル子は白いブラウスに花柄のスカート、水色のレインコートという恰好である。

「嬉しかったから、走って来てしまった」

とにっこりして首をすくめ、

「何でか、なあ。このあいだ、気持ようおしゃべりして、また会いたいと思《おも》たから」

それは中矢のほうも、そうである。テル子は平べったいおかめ顔であるが、眼がいきいきしていい。雨が降っていても早く行って会いたい、というようなことは、中矢の人生にかつてなかった。いや、十年くらい前はあったが、最近は何しろ、お見合いの席ばかりである。お見合いというもの、あの世やわが家などと同様、別に、せいて行くところではないのだ。

しかしテル子は違う。面白い。可愛い。

中矢は水割ウィスキーをひとくちすすり、

「風邪がいまいち、すっきりせえへんのでね、耳鳴りしていかんな」

などと、はや、へだてのない恋人にいうように訴える。

「あ。耳鳴りはねえ、黒大豆を煮て食べるとなおるわよ。八味丸《はちみがん》いう漢方薬もええけど」

「漢方薬なんか、飲むの？　あんた」

「あたし、西洋医学、あんまり信じひん」

「フーン」

「風邪の薬は、雪の下よ。雪の下の葉ァ、天ぷらにして食べたらええねん」

「えらいこと知ってんねんな」

「昔からずっと、民間療法と漢方薬でなおしてきたの」

とテル子は婆さんのようなことをいった。そういうとき、したり顔になって老《ふ》けてみえ、全くトシが分らない。

テル子と一緒に雨の中を出かける。雨でもミナミの人足はとぎれていなくて、傘がぶつかり合い、それも中矢にはうきうきする。

「こっちやしィ……」

とテル子は中矢に声を上げて案内する。「味たこ」は店先でたこやきを売っており、奥には七、八人はいれる腰掛があった。テル子は傘をつぼめて慣れたふうに路地からくぐって入り、

「たこやき二人前。あ、お酒、つけて。ついでにドテ焼とおでんも、もらおかしら」

と注文し慣れていた。

中矢はドラム缶だか、段ボール箱だか積んである奥に、レインコートも脱がず坐った。目の前の銅壺《どうこ》に酒が暖まっていて、銅の四角い鍋には、おでんと、片方に白味噌を溶いたドテ焼が漬かっている。これは串に刺したホルモンのすじ肉を白味噌で煮ているのである。

コップ酒が運ばれてくる。中矢は、この店の前は通ったことがあるが、このたこやきの味は知らない。

ましてこういう安直な飲み場所があるとは知らなかった。

「ウチの会社の女の子とよう来るねン」

テル子は、公園のベンチに坐ったときも、しっくりと楽しそうであるが、こういう、人目につかぬ飲み屋の奥にはいりこんでも、それはそれなりに、いかにも似つかわしくきまっているのだ。路地の側からサラリーマンらしい男の二人連れが入って来たので、中矢とテル子は床机《しょうぎ》の席を詰める。

「すんまへん」

と男たちはいい、ここは、知っている人には有名な腰掛酒の店なのかもしれない。

中年の無口なおばはんがいて、皿におでんと、ドテ焼をとってくれる。ドテ焼の串をくわえ、白味噌が垂れないように、唇でしごきながら、中矢はすじ肉を食べる。びっくりするくらい柔《やわら》かく煮こんである。白味噌のはんなりした甘みが何ともいえない。熱いコップ酒を一息、ぐっとすすり、何気なくテル子を見ると、テル子もドテ焼の串をくわえていて、

「おいしいね」

と、この世の極楽、というお多福顔だった。

中矢はテル子がますます好きになる。中矢のお袋なら、

（なんや、あのお多福顔は）

というところであろうが、中矢にはそれも好ましい。

こうやって、うまいものを（しかも安い）二人で食べて、「うまいな」「おいしいね」と言い合っていられるのが人生の幸福というものであろう。中矢は、テル子が独身なのかどうか、気になりはじめた。

「お待っとお」

店の表から、たこやきの皿が二つ廻ってくる。

店先で男二人がコック帽をかしげて焼いているが、中々いそがしいようである。前に立つ客がとぎれることはほとんどない。

たこやきはスチロールの舟に入っているものだと思っていたが、腰掛で飲む時は薄青い大皿に載《の》って出てくる。

かなり大粒で、聞いた通り、ソースはかかっていない。十五コで五百円だという。

駅裏の屋台より粒が大きい。そうして、屋台のようにころころしていなくて、ふわりとしているが、それでも、だし汁につけてたべる黄色い玉子色の明石焼とちがい、「たこやき色」ともいうべく、きつねの焼色がついている。

青のりもかつお粉もない、たこやきのたまは、何となく無愛想であった。

ところが中矢は、箸で一コをつまみあげて頰ばるや、もわーんとひろがる味が、たちまち、

（お気に入り）

という感じになってしまった。中は熱く、ホワイトソースというようにとろりとしているが、充分、火が通って粉っぽくない。外側はかりっと焼けて、中はとろり、それが醬油のこうばしさ、昆布だしのやわらかい味などとミックスして、えもいわれぬ物なつかしい、あとを引く味になっている。

この柔かさは、ほとんど肉感的な柔かさである。醬油味の匂いは、日本独特の郷愁みたいなもんやな、と中矢は「味たこ」のたこやきにすっかり陶酔してしまった。とろりと柔かい中身が口中で熱い余韻を残して消えると、かなり大きく刻まれた蛸が残る。プチプチとした蛸である。テル子が、取り寄せたビールをついでくれる。

「どう？」

「うまい」

といって中矢は、ビールを一気に飲んだ。テル子はその手つきを見ていて、

「でしょ？」

とにっこりする顔が、中矢の好きな顔になっている。

中矢はさっきの感動が、ほんものかどうかたしかめるように、いそいで、もう一コ、口へ抛りこむ。品のいい淡白な、それでいて、キマリ！　というようなぬきさしならぬ日本風美味、この柔かい味の奥深さを一度知ったら最後、思わず取りはずしてしまうというような、おいしさである。

中矢は魔法にかかったような気がする。

ソースも青のりもかつおもない、つるんとしたメリケン粉の丸いかたまりが、こんなに玄妙な味を出せるとは、夢のようである。よほど練りあげただしで溶き、味つけをしてあるに違いない。熱々を次から次へと口へ抛りこみ、ビールで冷やし鎮《しず》め、あるいはコップ酒をゆっくり含んで、また、一コたべる。

そのたびに感動する。

中矢は、以前、たこやきはソースに限るといったが、たちまち容易に前言をひるがえして、

「いや、この醬油味もすごい」

といってしまう。これは、明石焼ほどではないが、たしかに玉子もかなり入っている味である。

「これは知らんかった」

中矢は素直にいった。四十前ぐらいの年頃が一番「あれも知ってる」「これも知ってる」と言いやすいものであるが、この店の奥の腰掛酒といい、たこやきといい、いや、更に雨の夜の風情といい、お多福顔の好きな女の子といい、中矢の知らぬことも人生に多かったわけである。

テル子はきれいにたこやきを食べてしまい、コップ酒を両手に挟んで、店の外の雨脚をみつめながら、

「よう、降るわねえ……」

「うっとうしいな。しかしこの梅雨の夜、ぬくぬくほかほかのたこやきの、とろッとうまいのを食べるのも、また、ええなあ」

「うん、たこやきもええけど、あたし処女やねンよ」

中矢は転倒《こけ》た。たこやきと何も関係あらへんやないかと思う。テル子は首をかしげて、コップの口を人さし指でなぞっている。そうして中矢は、何を阿呆らしいと思いながら、テル子のひとことで耳鳴りがよけいひどくなってしまったのである。もう黒大豆も八味丸も薬石効なく、という状態になってしまった。

「中矢さん、いこ」

とテル子は中矢の膝をつつく。

「しかし、きみ」

「肌寒いよって、暖《ぬく》いとこへいこ。あ、ここのたこやき、包んで貰《もろ》て持っていこか」

テル子はお多福顔を輝やかせている。今にして中矢はわかった。テル子のお多福顔は、かなりの程度、スケベ顔なのである。しかしそれが何とも輝やかしく、愛らしくもあるのである。テル子はビニール袋にワンパックのたこやきを包んでもらい、

「はよ、いこ」

「いく、いうても、なあ」

「御堂筋《みどうすじ》渡ったら、いっぱいあるやないの。日航ホテルからビジネスホテルまで、何でもあるやん」

「ちょっと待ちいな。段取り早すぎて」

「あたし、口より手のほうが早いねん。いや、上半身より下半身が早い、いうのんかなあ」

「つまらんこと、いうんやありません」

すれっからしかなあ、と思ったら、小さいホテルの離れに入るが早いか、無邪気に、

「たこやき食べよッ。半分ずつ！」

なんてテル子は叫び、余念もなく爪楊子ですくいあげている。そうして珍らしそうに部屋をのぞき歩き、

「入って来たらいやよ」

と湯を使いにいった。

部屋じゅうに、たこやきのにおいがたちこめている。メリケン粉のにおいはかなり強烈なものである。スチロールのパックに押しこめられていたたこやきは汗をかいて、ぺっしょりとカサ低くなっていた。中矢は食べる気もおこらない。煙草を吸わないので、手持ぶさたになって冷蔵庫の缶ビールを出して飲む。

(おいおい、何してんねん、こんなトコで)

と中矢は自分で自分にいう。

(さっさと帰らんかい)

しかし中矢は動けない。テル子が湯を使う音がする。

(処女やから、どないや、っちゅうねン……)

中矢は自分で自分を叱咤《しった》する。

(口より手のほうが早い、やなんてバカにされとるのとちゃうか、あの女の子に)

それでも中矢は、尻がベッドに貼りついたように動けない。中矢はやっぱり、テル

子に処女や、といわれて気を引かれてるのである。

中矢はひと月に、四、五へんも、テル子に逢うようになった。ぐんぐん、テル子に惹《ひ》かれてしまう。「味たこ」でたこやきとコップ酒をひっそり飲み、路地から抜けていけば、賑《にぎ》やかな盛り場を避けて小さいホテルへ行けることも発見した。

「なんで僕を誘《さそ》てん。あのとき」

中矢はたこやきとコップ酒で気持よく酔う。

「あら、そうかて中矢さん若禿げやもん、若禿げは強い、いうから試してみたかったの」

テル子はあっけらかんといい、

「よういうわ」

しかし中矢は機嫌がいい。テル子は処女だったと信じており、口年増《くちどしま》だとわかったのである。気も合う仲だし、寝るのもずいぶん楽しみだった。時には、ぽたぽたのやわらかい明石焼をだしに漬けて食べる店へも行き、それはそれでおいしかった。

(タベモノは何でも、一緒に食う相手によるねんな)

と中矢は発見する。

中矢は、お袋にうちあける時機を考えている。テル子と、これから先の人生、ズーと一緒に、おいしくモノを食べて暮したいと思う。

中矢にはますますテル子が可愛く見える。何か贈り物をしてやりたいが、自分で見立てても気に入るか、どうか。

「テルちゃん、何か自分の好きなもん買いいな。それ、僕が払《はろ》たげるよって」

「あ、うれし。ほんならちょうど、このネックレス、二万円で買《こ》うたとこやねン。これ、買《こ》うてくれはる？」

テル子は金色の首環《くびわ》のごときものをまさぐった。中矢は「よっしゃ」と快くいう。

そのときは、法善寺の中の小料理屋であった。隅《すみ》っこの席で、カウンターからも遠いので、二人だけでこみ入った話をしてもよさそうに思われた。

「テルちゃん、なあ、ちょっと話がある」

「なあに？」

とテル子は中矢の好きなお多福顔で、にっこりする。笑うと眼は糸のように細くなる。

「いつか、あんた、おいしいもんは外で食べるに限る、いうたけど、家の中でいつも、おいしいもん食べたい、思わへんか」

「もちろんやないの」

「あんた、お袋と同居できるか。つまり、姑《しゅうとめ》や」

中矢は、テル子の口から、女の本音が聞けるのがたのしみである。テル子ははしたないことや、ショッキングなことをいうけれど、偽善者でもなく、ウソもいわない、という信頼がある。女の本音でありながら、やさしいコトバが出て来たら、どんなに嬉しかろう。

「姑？」

テル子は目をみはる。

「いや、僕のお袋のことや」

「中矢さんのお母さん？」

「お袋と同居してくれるか、ちゅうとんねん」

「なんで？」

「なんでて、結婚したら、一緒に住まな。僕とこ、母子家庭や」

「えっ。中矢さん、独身やったん？」

「当り前やないか」

「知らんかった。もう三児の父ぐらいかいなあ、思《おも》てた」

「なにいうてんねん」

「そうかて、中矢さんのあたま見たら、そう見えるもん」

「喜んで下さい、まだ独りです、このあたまで」

「へーえ。そう」

テル子はほんとにビックリしたようであった。

「ソレハ、ソレハ」

「ひとごとみたいに言うてる場合やあらへん。もうすぐ、独身や無《の》うなるねん。テルちゃん、たのむデ」

「たのむ、て何を」

テル子はきょとんとしている。このへんから話がおかしくなってきた。

「そやから、一緒にうまいもん食べて」

「食べてるやないの」

「一緒に寝て」

「寝てるやないの」

「時々ちゃう。毎日や」

「毎日は無理やわ。あたしも家あるし」

「女房《よめはん》が自分の家持って、どないすんねん。僕トコへ来《こ》んかいや」

「あたし、主人いるよ」

中矢はまた転倒《こけ》た。彼は叫ぶ。

「どないなっとんねん」

「主人、北海道へ単身赴任《ふにん》してるねん。あたし、舅《しゅうと》や姑の世話せんならんねんわ。子供はないけど、毎日、えらいのよォ」

「…………」

「あたしも息抜せな……」

「しかし、きみ、あの時、未経験やとばかり、僕、思《おも》てた。責任取らんならん、思てた……きみ、処女や、いうたやないか」

「なんで？　あっそうか」

テル子は可愛らしい顔で、けたけたと笑う。

「あれ、アンネがちょっと残ってたの。もう、あがりそうな頃なのに、時々お客さん来るから、いやんなるわ」

「あがる、て……きみ、トシなんぼやねん」

「あたし、なんぼにみえる？」

「知るかい」

「四十六」

中矢は三たび転倒《こけ》そうになる。しかしテル子は正直なんである。嘘ではなさそうだった。

「ええやないの、中矢サン。あたしら、たこやき友達、たこやきメイトでおつきあいしたら……。面白うて気が合《お》うたら、それでエエやんか」

テル子はけろりといい、今こそ中矢は腑《ふ》に落ちた。テル子の漢方薬趣味といい、はしたない発言といい、あれはかなり生きすれたおばはんの発想である。しかしそのわりには現実のテル子のお多福顔は可愛く、若々しい。

「そうそ。忘れへんうちに、中矢さんさっき、あたしのネックレス買《こ》うてくれるって、いうたわね。すみません、二万円です」

とテル子は手を出し、中矢は財布から一万円札を二枚引き抜いて与える。悪女というのはお通《つう》でも美人でもあれへん、このテル子のようなのをいうのや、と、中矢は憮《ぶ》然《ぜん》とする。しかし……たこやきメイトは捨てがたいのである。

当世てっちり事情

しん子は白木のカウンターの前に坐《すわ》ったが、鈴木が、

「あっちのほうがエエことないか？」

と後ろのテーブルの席へ顔をしゃくっていうと、大阪弁で、

「いや、ここでええ」

ハキハキといった。「おたふく」のおかみさんが、二人のうしろから、

「お座敷もおまッけど」

という。座敷に坐れば道頓堀川《どうとんぼりがわ》のそばなので、暗い川面《かわも》にゆらぐ灯や、対岸のネオンも見えて華やかである。何より、しん子と久しぶりで正面に向きあえる、と鈴木は思ったのだが、

「いえ、こちらでいいわ」

としん子はおかみさんに、これはハッキリした東京風アクセントで答えた。しん子は大阪弁と東京風アクセントを随意に、ひょいひょいと振りかえて使える。浪花《なにわ》生まれというのは、フリーのアナウンサーの強みである。しん子はいまQ局で、朝の十時

から正午までのラジオの時間を持っているから、車に乗ったりするとしん子の声が聞ける。「シンディ＆松本武則《たけのり》の気分のいい朝」というワイド番組である。シンディこと、柳井しん子と、タケちゃんこと、松本武則（これは局のアナウンサーだったが今は半分タレントである）の、二人のおしゃべりでつないで、音楽やインタビューや、聴取者との電話を点綴《てんてつ》しつつ、合間にニュースが挟まれたり、日によっては二人で漫才やコントをやったりしている。

わりに人気のある番組で、もうずいぶん、つづいている。それは、シンディのしん子の人気にもよるのだ。ちょっとハスキーだが、そのくせ、決して嗄《か》れない底深い甘さがあって、マイクによくのる声である。ラジオで聞いていると、ボーイッシュでありつつ女の子っぽい優しさも感じられて、そのへんが時代の好尚に適《あ》うのであろう。

実物はというと、女の子っぽい優しさはストンと落ちて、百パーセントボーイッシュという感じ、ザクザク切りそろえたようなショートヘアに、黒い革ジャンなど着込み、ぴっちりと脚に食いつくような、細身のジーパンなど穿《は》いている。いまの服装がそれだが、これはちっとも変っていない、昔と。

化粧気もない顔も昔と一緒。商売柄、いろんな七つ道具を入れるので、大きいバッグを持っているが、（それは大黒《だいこく》サンが肩へかつぐ巾着《きんちゃく》の如《ごと》き型である）それを左肩に引っかけている恰好《かっこう》も、昔そのまま。

そういう恰好のしん子が、太左衛門橋《たざえもんばし》を北から渡ってきたのを見たとき、鈴木は、

(何やねン、これは。どういうこっちゃ)

とどきんとして、嬉《うれ》しさのあまり顔が強張《こわば》ってしまった。何やねン、というのは味なことをする神サンに対して、いっているのである。

鈴木はべつに何の信仰も持っているものではないが、ここ数年の有為転変《ういてんぺん》をかえりみると、どこかに超越者がいて、鈴木はそれにいいように振り廻《まわ》されている気がしてならない。どうせなら神サンの「エエ目」が出ますように、と思う。配達にいく車のラジオでシンディの声など聞くと、(いつか、どこぞで会うかもしれんなあ……)と思う。思い思い、日がたってゆく。会わずに生涯過ぎるかもしれぬが。

それで寒い夜の、凍りつきそうな太左衛門橋で、向うからくるしん子を見たとき、骰子《さいころ》も念じて振ると、長い間には出る目に差が出るというけれど、

(ホンマやなあ……しかし、何の心構えもない時にフッと会わせるなんて)

何やねん、これは、とつい、神サンに文句をいいたくなったのである。

といっても、不足であるわけではない、勿論《もちろん》、うれしい。

太左衛門橋は、ミナミの宗右衛門《そえもん》町と道頓堀をむすんで道頓堀川にかかる橋の一つ

である。ちょうど、道頓堀川のまん中あたりで、鈴木は、

「おい、おい……」

三年前に別れたのに、つい、同じように呼んでしまう。

しん子は昔から外ではサングラスを用いている。顔を知られているので人目を避けるためだが、昔は薄い茶色だったのを、今は素通しで黒い丸枠の頓狂《とんきょう》な眼鏡である。

それでも鈴木にはスグわかったのだ。

しん子は見知らぬ人間に呼びとめられるのに慣れている風で、足をとめないまま職業的な微笑を浮かべて会釈し、行き過ぎようとする。

鈴木はスーツの上にダウンパーカという恰好だったが、両のポケットに手をつっこんだまま、

「おい、て。……鈴木旦那《だんな》やぜ」

といった。これは昔の職場でのアダナなのだ。鈴木はR局のラジオ制作部のプロデューサーだったが、なぜか若い時から「鈴木旦那」というアダナがついていた。年上の上司も、「おい、旦那」と呼んだりする。若い頃から恰幅《かっぷく》よく太り肉《じし》で腹が出ており、誰がつけたアダナなのか、「鈴木旦那」はぴったりでいつとなく職場に定着してしまったのであった。

「あれッ」

としん子はいって、眼鏡をとり、

「今晩は」

とハスキーな声でいい、その顔には意外さがあるだけで反撥《はんぱつ》はない。尤《もっと》も、嬉しゅうてたまらん、という顔色でもないが、親和感はあった。

「寒いスな」と鈴木はいった。

「寒いわねえ」素直にしん子はいう。

「どこいくねん」

「そこで、たこ焼き買《こ》うて帰ろ、思《おも》て」

太左衛門橋の南詰には大きいたこ焼きの屋台が二軒あって、客のとぎれたことはないが、

「そんなシケたもん食うない。めしまだか」

「まだや」

「オレもや。てっちりでも食わへんか」

「うーん」

「ともかく、こんな川風のどまん中に居《お》らんでもエエやないか、ぬくいトコいこ」

「そやな」

「『づぼらや』へでもいこかナー、思てたトコや、しかし一人で鍋もん、ちゅうのもナー、思い思い、歩いとったんや、ちょうどよかった、人数揃《そろ》た」

「麻雀してるのやあらへんが」

いいながらしん子も鈴木も、ノリのいいほうなので、ぽんぽんと話がススんでしまう。

しん子は鈴木に背を押されてあと戻りし、宗右衛門町を左へ折れる。人出は多いが、人間のカズがちっとも町を暖かくしていない。きつい底冷えの夜で、足の先と目玉がまず凍《い》てついてしまいそうな気がする。

「『づぼらや』ちゃうのん?」

としん子はいった。「づぼらや」は大衆的なてっちり屋でてっちりを一年中食べられる店だが、中座《なかざ》の向かいだから道頓堀になる。川を渡らないといけない。鈴木はいった。

「アンタ連れて、あんな賑《にぎ》やかなトコ行けるかい、静かなてっちり屋あるねン」

「そうか、そら、その方がエエけど。――ちょっと久しぶりやな、てっちりは。アタシ」

と、しん子がやっと、その気になってくれたらしいので、鈴木は嬉しかった。三年前に離婚したのだが、鈴木のほうはしん子がキライで別れたのではないから、しん子の久しぶりの肉声（ラジオではちょいちょい聞くが）や、さまざまのクセ、存在を身近に感ずると、文句なく嬉しいのであった。

道頓堀川を背にしたビルの、二階にてっちり「おたふく」の店はある。白木を生かしたインテリアが凝《こ》っていて、客は年輩の男や女が多い。しん子はここは初めてだという。

「高価《たか》そうなお店」

とあたりを見廻す。その声には互いに知らぬ店へそれぞれ行くようになった、別れていた歳月をちょっと思い返すひびきがある。

「ま、鈴木旦那に任してんか、ここは」

といって鈴木は、

「ヒレ酒、熱うしてや。てっさとてっちり、白子《しらこ》も頼むデ。別に、焼いた白子も、な」

メニューも見ないでおかみさんに頼む。

右手の小上がりの座敷の障子が開き、三、四人の女たちが喋《しゃべ》りながら出てきた。声

はかけなかったが、めざとく、しん子を見て、囁《ささや》き交している。彼女たちが帰ってしまうと、しん子は手袋をぬぎながら、

「座敷へいこか」

と不意に鈴木にいった。女たちにみつめられて急に気が変ったのであろう。

「お、いこ。そのほうが落ち着くやろ、アンタも」

鈴木は無論、そのほうがいい、積る話もあるというものだ。

おかみさんが大いそぎで、小座敷に席をしつらえる。しん子は先にそこへ坐りこみ、鈴木があとから靴を脱ごうとすると、

「旦那、手袋忘れた、カウンターのとこ」

と早口でいう。

「オイや」

鈴木はすぐしん子の黒い毛糸の手袋を取りにいって、しん子がフトロをすべらしたらしい「旦那」という呼びかたに、嬉しくなってしまう。

いうなら職場結婚というような鈴木としん子だから、結婚してからもしん子は「あなた」の代りに「旦那」と呼んだりしていた。むろんアダナの「鈴木旦那」からきているのである。

カウンターのほうの障子は閉めて、反対側の道頓堀川に面した紙障子を開けると、ガラス戸は湯気で濡《ぬ》れていた。しん子はお絞りでガラスを拭いて、

「わあ、綺麗《きれい》やな」

と川に映るネオンと川向うの灯を喜んだ。全く道頓堀河畔《かはん》のネオンやイルミネーションというのは、色彩に統一も規制もないから、雑多な色のビーズをぶちまけたよう、それを綺麗とほめることに、大阪では、なっている。

ヒレ酒がくるまではビールで場をつなぐところだが、あまりにも寒いので、暖房のきく部屋でも、鈴木は飲む気はしない。

「鈴木旦那としては、熱いヒレ酒待ちたいトコやねンけどな、どうする？　ビール、先に飲むか？」

「ええわ」

「ええわ、っちゅうのは、ビール要《い》らん、てか」

「うん」

「ヒレ酒待つか」

「うん」

「えらい、おとなしィな。——女の人がいちばんしゃべらへん月は、一年中で何月や

知ってるか」

「知らん」

「二月や。日数が少ない」

「あほちゃう？」

しん子は巾着型のバッグから、赤いモロッコ革の財布のようなものを出した。煙草《たばこ》入れらしい。マイルドセブンをゆっくり喫《す》う。咽喉《のど》が商売道具のくせに煙草を離さないで、かえって鈴木のほうは昔から喫わない。その代り、二人とも飲む口である。しん子が革ジャンを脱ぐと、下はグレイのセーターだった。

「まだお嫁サン来《け》えへんの？　旦那は」

しん子はからかう。

「それどこやあるかい、慣れん仕事で苦労してる」

「うまくいきそう？」

「死に死にや。支える妻もなく――」

「ふん」

「あ、いま、ウチ改造中でな。何しろ酒屋もリカーショップいう名ァに変る時代やさかいな。店も特色作らな、あかん思て。『ワイン友の会』いうの、作ってん。いま三百種くらいワインあつめてる。ウチの近くでは、地下にワイン酒倉《セラー》まで持っとるの、ウチだけやろなあ」

「がんばってるねンね」

「酒屋のおっさんもそれなりに、忙しいことでおます」

鈴木はしん子と離婚したあとさきに、酒屋を営んでいた父親に急死され、弟が家業を継ぐものだと思っていたら、弟はもともと機械いじりが好きなのでそっちの会社へいって、家へは戻らないという。母親におばあちゃん、従業員も古いのは世帯持ちときているから、店を抛《ほう》り出すわけにもいかない。鈴木旦那としてはラジオの仕事にも未練はあったが、やめないわけにはいかなかったのである。前垂《まえだれ》をかけて一から商売の勉強をした。女房《よめはん》どころではなかったのも事実であるが、ほんというと、離婚したしん子に、未練というのではないが、

（もっぺん、ちゃんと、しゃべらんならんナー）

という気が、いつも心のどこかにあったのだ。あの頃は、陳弁しようにも、しん子が耳傾けてくれなかったのだから。

やっとヒレ酒と、てっさが運ばれてきた。

大阪では、ふぐを、中毒《あた》ると死ぬ、というので「鉄砲」というが、鉄砲のさしみだ

から「てっさ」、しかしここの店のは、よそのように皿の模様が透いてみえるほど薄造りではない。

厚みがあって、ころっと削《そ》ぎ切りにしてある。それに湯がいた身皮を細かく刻んだのが添えてある。それをたっぷりの浅葱《あさつき》と紅葉《もみじ》おろしにまぶして、スダチのポン酢で食べようというもの。

何より、ヒレ酒の香ばしい匂いがたちこめ、

「いや、暖まりそ」

としん子は心から嬉しそうにいい、厚手の大ぶりの湯呑《ゆの》みに注がれたヒレ酒を啜《すす》る。

「ここなあ、活《い》けのとらふぐのシロしか使わへんねん。そんで、ヒレもよう乾かしたんを、ていねいに手で焼いて使うから、香りたかいねン」

鈴木は説明しつつ、ヒレ酒の香りを心ゆくまで吸いこむ。ちょっと焦げた匂いにきりっとした酒の香《か》がまじり、一口啜ると舌を焼きそうな熱い酒には、ふぐの旨味《うまみ》がじっくり、溶けている。焼いたヒレは金色の酒の中で浮き沈みしていた。

「ほんまの魚好きは、鯛《たい》を焼いたあとの骨に熱いお茶かけて、即席のおすましみたいにして飲むけど、やっぱり骨やヒレに、魚の旨味、あンねやろなあ……」

などと言いつつ、ふうふうとヒレ酒を鈴木は啜る。

「ほんまやねェ……」

と、しん子も素直だった。

別れるといってしん子が怒り狂っていた頃は、こんな素直にやさしい言葉はもう聞けなかった。大阪女にも、鉄火な子はいるもので、

(アタシはナー、もうアンタの顔も見たないねん！　キモチ悪いねん。一緒に御飯食べる、いうのもむかつくねん、そばへ来られても寒疣《さぶいぼ》立つねん、アンタがモノ食べてんのん見てるだけでも気色わるいねん。とにかく、アタシの目の前から消えてほしいねん！)

としん子は火のように猛《たけ》り立ってどなりまくるのだ。

(いや、ま、待てや、オマエなあ……)

と鈴木はいうが、

(知らん知らん、ともかく、アンタが呼吸《いき》してるのん、見るだけでも、キャラシイねん！)

手のつけようがなかった。キャラシイ、というのは、いやらしい、気色わるい、おぞましい、うとましい、などを総括したような物凄《ものすご》い大阪弁である。

(呼吸《いき》もすな、ちゅうたら、死ね、いうことやないか)

(死んだらエエねん、あんたなんか!)

鈴木旦那としては、死ぬ代りに離婚せずにいられなかったのである。

それが今は、鈴木が(寒いスな)というと(寒いわねえ)といい、(旨いなあ)というと、(ほんまやねえ)というようになっている。

三年近い歳月は、少しはしん子の憤怒《ふんぬ》に水をぶっかけて、冷ましてくれたのであろうか。

あのときは、あまりのしん子の偏狭頑固な反応に、鈴木のほうが逆恨みというような怒りをおぼえ、

(ええわい。そこまでいうんやったら別れたるわい! 何じゃ、ちょっとのことに目くじら立てくさって、尻《けつ》の穴のせまいオナゴじゃ、見そこのうた)

と全く見当はずれの怒りかたをし、売られた喧嘩《けんか》は買わねばならぬ、という感じで別れてしまったのであった。鈴木の上司などは、

(旦那、オマエなあ、別居せえや、しばらく。ほて、ノボせたアタマ冷やせや、お互いに)

などと忠告してくれたものであったが、鈴木はそれも聴き入れなかった。

「このてっさ、ぶあついわねえ」

としん子は感心する。

「うん、しゃけどこのほうが、コロコロして、ふぐの旨味をじっくり味わえるねん。これ食いつけたら、薄造りはぺらぺらして食われへんで」

と鈴木はまた講釈する。しん子は一箸《ひとはし》ずつ大切そうにてっさを挟みあげ、宙を見据えて極上の「おいしい顔」になって食べている。

久しぶりのなつかしい、しん子の表情である。おいしい物を食べるとき、しん子は子供みたいに無邪気な表情になる。一緒に暮していたころ、鈴木はしん子のその表情を、「おいしい顔」といって愛したものだ。

鈴木もてっさを口に運んで満足を味わう。ワインに西洋料理というのも嫌いではないが、ふぐの出廻る時節はやっぱり日本酒やと思う。ころころしたてっさは、歯ごたえがしこしこと淡泊で、それに徳島のスダチを手絞りするという、ポン酢が上品でい い。醤油辛《しょうゆから》くもなく、ツンとくる酸っぱさもなく、まったりしたポン酢である。無味といっていいほど淡泊なてっの刺身が、ポン酢をくぐると、にわかに風味を帯び、活きてくる。魚というには身がしまり、磯《いそ》臭さから遠く、まして鳥やけものの肉の、クンと鼻の奥にくる臭《にお》いなど全くない。天来の妙味のゆきつく先は、無味無臭になるのであろうか、というような味である。

「ほんま、ふぐて、ふしぎな味やなあ」

「こんなおいしいもん、タケやんキライや、いうねんよ」

としん子はいう。

「松本武則か、時々聞いとんデ。カーラジオで。調子ええやないか」

「そお？　タケやん怖い、いうねん、ふぐが。プロがやってるさかい、怖ない、いうのに」

そこへ、焼いた白子が運ばれてきたので鈴木は相好《そうごう》を崩しながら、

「こんな旨いもん食うて死ぬのやったら、オレ本望じゃ」

といった。そして皿を運んできた仲居に、

「僕なあ、もう一皿、白子たのむ、そいからヒレ酒の熱燗《あつかん》、もう二本」

としん子の厚手の湯呑みを見て注文する。しん子は一杯目を飲んでしまっていた。

ヒレ酒は二杯目ぐらいまでは熱燗をそそいでも、香りと旨さが保たれている。

「よう飲むやないか、年なんぼになった」

「三十二」

「飲みざかりや。女でも男でも」

「旦那はそろそろ、お酒の窓際族ちゃうのん？」

「何いうてんねん、三十九はこれからじゃ、これから旨いもん食べて、旨い酒じっくり飲むねん。今までは、味がよう分らなんだ、オナゴに気ィ取られて」

「アタシも、こんなん食べられるのんやったら、男要らんわ」

しん子は白子を箸で挟み上げ、

「あ、熱《っ》、つつ……」

といいながら、いとしむように食べる。

鈴木は、大切に白子を一切れ、味わったところだった。白子はふぐの精巣であるが、真っ白でとろっと丸い。さっと塩を振って焦げ目をつけてあるので、外側は皮が突っ張っている。そいつを潰《つぶ》さぬよう、そろそろと口へ含むと、口中で薄皮が破れて、熱い中身が舌を焼く。しん子と同じように、「あ、熱《つ》、つつ……」といいたくなるが、舌にとろりと流れる白子の旨さをどういえばよかろうか、まことにクセのない、素性ただしき、というような上品な風韻で、肝《きも》や腸《わた》のうさんくさいゲテの旨みではない。豆腐をもっとやわらかに淡雪のようにして、舌に仄《ほの》かな甘みと塩味を残し、消えてゆく。芳醇《ほうじゅん》なポタージュのひとしずくのようである。

「いやァほんま、ここのはおいしいわ」

しん子も味のわかる女になっている。

「そやろ、シケたたこ焼きなんか食うよりよかったやろ、いったい、たこ焼きなんか、誰と食うつもりやってん」

「一人でやわ、もちろん」

「まだ一人か」

「まあ、ね」

二人前来た白子焼きを、鈴木はぺろりと食べてしまう。いまのところ鈴木は仕事のほかに食べることしか、趣味はなくなっている。同業者や「ワイン友の会」の連中とゴルフに行くことはあるが、しん子と別れてから、ほんまに面白い、ということはなくなってしまった。

仕方ないから仕事に精出している。明るくて商品を買いやすい、イマ風なリカーショップが鰻谷《うなぎだに》にできていると聞いて、今日はそれを視察に来たのだ。ついでにミナミをぐるりーっとまわり、現代の気分に絶えず肌を洗わせておかねば、という気がある。鈴木の店は尼崎《あまがさき》にあるのだが、尼崎市は大阪と言葉も気風も共通している地つづきの文化地帯だから、新しい大阪の匂いに時々触れておかないといけない。要するにいまの鈴木は、昔の放送局サラリーマンという雰囲気をすっかり追い払ってしまったのだ。好むと好まざるにかかわらず、酒屋のおっさんになって、言葉も、尼崎風に、下町の雑駁《ざっぱく》さに崩れ、四六時中商売のことばかり考えている。

てっちりの土鍋がくる。ふぐの旨さが沁《し》みついたような土鍋の色である。昆布だしの煮えくりかえる鍋に、骨つきのふぐの身が投げこまれる。この店は野菜もごたごたと入れず、白菜に菊菜《きくな》、木綿豆腐に生椎茸《なましいたけ》がひときれ、という簡素さで、ともかく、ふぐをしっかり食べてもらいます、という感じなのが、鈴木は気に入っている。

「あんなあ、身ィばっかりのトコより、骨つき肉のほうがうまいねンぜ」

と鈴木は鍋に抛りこんだそれを、しん子に指してやる。

「うん、わかってる」

しん子は、しまいに骨を手で持って、ちゅうちゅうとしゃぶり、ガラ入れの中へ入れて、

「ちょっと失礼。脚のばしてもええ?」

「どうぞ」

鈴木も温気《うんき》と酒で顔がてらてら光っている気がする。お絞りで顔と手を拭いて、何だかしん子と三年も別れていたのは、嘘《うそ》のような気がしてきた。

しん子と結婚する前にも、よく二人でてっちりを食べに行ったが、それは放送局の

ビルに近い北新地《きたしんち》や、曾根崎《そねざき》新地の小さいてっちり屋であった。鈴木は思い出した店の名を挙げて、

「あそこ、まだあるか」

「ふん。R放送の人、やっぱりよう行ってるよ」

それで、昔の仲間の誰かれの話になり、鈴木には、どの名前もなつかしいが、しかし辞めた会社の世界は、もはや前世という感じである。それより、しん子と、二人の思い出をしゃべりたかった。

「『青春のヒット・ポップス』——あれはええ番組やったなあ」

「うん、あれだけ反応のあったんは、もうないね」

昔のヒット・ポップスのレコードをおしゃべりでつなぎ、そのときどきの映画や社会的事件を、ゲストを招いてしゃべってもらうという音楽番組だったが、何気なくテーマ音楽にエディ・フィッシャーの「いとしのシンディ」をえらんだのだった。冗談で、しん子やから、シンディの歌でええやろ、といっていたら、それが当って、しん子はシンディというアダナになり、その番組は疾《と》うに終っているのに、すっかりシンディという呼称は定着している。

〽シンディ　オー　シンディ……

というエディ・フィッシャーの歌声も、まだ耳にあるようだ。

もちろん、しん子はそんな昔の歌を知らない。鈴木も「想い出のS盤アワー」の最後のほうくらいを、知っているだけだ。しん子は、

「ほら、泣きながら電話かけてきた人、いたわねえ……なつかしかった、いうて」

「うん、ポール・アンカの『ダイアナ』とか、ニール・セダカの『恋の片道切符』なんか、なあ、すごい反応やった」

「『マンボ・バカン』なんていうのも、もういっぺん聞きたい、いう葉書、多かった……」

「鈴木旦那もその頃は独身ではりきっとったし」

それはしん子と結婚する前で、鈴木はそのころ、独身にかえっていた。実をいうと、鈴木はしん子と再婚で、その前にやっぱり職場の女の子と結婚している。うまくいかなくて、一年半ぐらいで別れてしまった。

しん子はちり鍋用に、添えられた白子を、匙《さじ》でそっと鍋へ入れる。白子は塩焼きもいいが、ちり鍋に入れて火を通しても絶品である。

「煮すぎたら、あかんナー」

といいつつ、しん子は無邪気に鍋をみつめながら、

「そうそ、とうとう聞かずじまいやったけど、『前の奥サン』と何で別れたん？」

という。昔はしん子は、『前の奥サン』の話がきらいで、話題がその周辺へくると、きまってふくれたものだ。鈴木も細心の注意を払うクセがついてしまった。

それが今は、鍋をのぞきこみながら、そんなことを平気でいうようになっている。

これはもう鈴木に関心がなくなって、しん子には関係ないことになったのか。

「愛がないようになったからや」

「ヒヤ」

「ほんまや。いや、もともとそんなもんはなかった、大体、僕、女なんてみな一緒や、思てたからな。三十ぐらいで、つい、近くにいてるのと一緒になろか、いう気になった。ま、キライではなかったけど、好きでもなかったな、近くにいたから、というだけやな」

「そんなこと、あるかねえ」

「女でもある、思うな。周囲《まわり》にやいやいいわれて、まッ、ええか、このぐらいなら。どうせ男はみな一緒やろうし、と思う……」

「思わへん。女は思わへん！」

しん子はつんとしていい、白子を鍋からそーっと散蓮華《ちりれんげ》にすくいあげて、鈴木のポン酢の皿にうつしてくれる。ふんわりと柔かく火の通った白子は、つるっと咽喉を通って、まったりした味になっている。

「男のほうはそう思うねん」

鈴木は今でも、なんであんな結婚をしたのかわからない。いや、しん子と再婚しなければ、もう二度と結婚はこりごりだ、と思ったままに過ぎたろう。鈴木とその女の子は、同じ職場で働いていたから、ハタ目には恋愛結婚とみえただけで、仲間は、

(旦那、いつのまに……)

と好意的にみてくれたのだ。童顔で大きな軀《からだ》つきの鈴木旦那は、同輩から、「恥ずかしがりのハニカミ屋で、恋愛をひたかくしにしていた」とおかしがられていた。新婚の頃も鈴木はさして喜んで家へ帰る気になれない。麻雀したり、飲みにいったりして、

(旦那、痩《や》せがまん張らんと、早《は》よ、家へ帰らんかい。オマエ、足が浮き足立っとんねんやろ、テレんでもええ)

などと先輩に押し出されたりするが、鈴木旦那は、内心、一向に新妻にも新婚家庭にも魅力はなかった。きらいというのでもないが、結婚というのはこんなものだ、と思っていたのだ。

妻というのは、家へ帰ればそこにいる。それでいい、という気がしていた。ホカの男もそういうものだろうと思ったのだ。考えてみると、妻と机を並べて仕事をしていたときも、いつもそこにいるアシスタント、と考えていた。ある日、その子に、

(昨日はごめんなさい、ご迷惑かけて)

といわれ、

(なにが?)

(いえ、欠勤してしまって。忙しかったでしょう?)

——そう聞くまで鈴木はその子が休んでいるのにも気がつかなかった。

大阪の女の子によくある、口数の少ないおとなしい子で、引っこみ思案で意思表示しない。よく見ると色白の美しい子だが、目立たない。鈴木はそんな子と一緒につくる平安な、波風立たぬ、地味な家庭を思い描いていたのだ。決して嫌いな子ではなかった。といって好きでもない。仕事がすむと、矢のように家へ帰るという気にもなれない。しかし妻のほうは、鈴木とは違う受けとりかたをしていたかもしれない。

(アンタ、あたしのこと、愛してないのんちゃう?)

という。鈴木は消去法でいけば、「愛してない」というほうを消さざるを得ない。決してキライではなかったのだから、「愛してない」ほうを消したら、「愛してる」の

ほうが残るではないか。それより、若かった鈴木は向うからきた矢を、そのまま投げ返した。

（オマエのほうこそ、ちゃうのんか？）

鈴木はラジオドラマでは「愛してる」などというコトバをスタジオでしゃべらせるが、現実では顔がむずがゆくなるから、しゃべれない。わざと「愛してる」というコトバぬきで、妻のほうこそ鈴木に関心もないまま結婚したのだろう、と責めたのだ。

（アンタが愛してくれてたら、あたしも愛してたわ。アンタ、もともと私を愛してないのに結婚したんやないの）

と妻は鈴木を責めた。いや、消去法でいけば……と鈴木は思い、これは堂々めぐりやなあ、とひるんだ。そのうち妻は、

（こんな阿呆《あほ》らしい結婚、してられるかいな）

と家を出ていったのだ。阿呆らしいかねえ。お互い、愛してるの惚《ほ》れたの、と言い合わなくったって、平安で波風立たぬ、地味な家庭を作ってる男や女はたくさん、いるではないか。一年半ばかりで結局、壊れた。

「あれはいま思うと、キザにいえば『稚《おさな》くて愛を知らず』——日曜学校へ子供のころ通わされて、讃美歌をいくつかおぼえてるけどな、そんなん、あったナー、『稚くて

罪を知らず』――いう讃美歌、たしかあったけど、それをもじっていうたら、『稚くて愛を知らず』やった、思うワ」

鈴木は飽きずに鍋をつつきながらいう。

「オレ、ほんまの恋愛知らんと、オトナコドモのまま結婚しとってんナー、女房《よめはん》のいうこと、一理ある、気の毒した、と今では思うナー」

鈴木の話のゆく先が、どこへ落ちるかわかっている風で、しん子は輝くような、いい表情になっている。尤もそれは、てっちりに満腹したためかもしれない。あらかた鍋のなかはさらえあげて、あとは、てっちの旨味がすっかり溶け出た、残りのお汁《つゆ》に、御飯と卵をぶちこんで、さっとひと煮たちさせる雑炊が待っている。ここまで食べないと、てっちの旨さは味わえない。――男たちの宴会だと、やたら酒ばかり、おしゃべりばかりになって、あさましくつつき散らした鍋のまま、わいわいがやがやと時間になり、「次、行こか」とよろよろ立ちあがる。鈴木は鍋の残り汁を見やって残念な思いをしたものだ。

ふぐの身が残っていたり、ひどいときは、白子がそのまま残っていたりして、ふぐ好きの鈴木としては堪えられない、申しわけない、という気になってしまう。――勿《もっ》体《たい》ない、男はあかんなあ、と思い、てっちりは女と食べるもんやなあ、と思う。

男は文化的やないなあ、とも思う。鍋の残り汁を愛することも知らない。女たちは、最後まで、シッカリ、卵でとじた雑炊を食べ、ふぐをしゃぶりつくしていとしむではないか。女のほうがズーッと文明人や。

そう思っている。そしてそれは、しん子と二人ではじめててっちりを食べにいった時に思いついたのだ。

そのころ、「青春のヒット・ポップス」のおかげで、しん子はみなにシンディと呼ばれていた。もちろん前から鈴木はシンディを知っていた。アドリブの利くシンディは、きっちりした司会もでき、おふざけ番組もこなせるし、大学の英文科出で、英語もしゃべれるから重宝で、人気のある子だった。テレビではお飾りものか壁の花になるのがいやで、ラジオの足の軽いところが好きだといっていた。人を集める力があって、「シンディが何月何日、どこそこへいきます」というと、地から湧《わ》いたか天から降ったかというようにファンが集まってくる。それを当てこんでさまざまな企画を立てたのも、今はなつかしい思い出である。シンディがしゃべっているのは、聴取者には、

(自分だけにしゃべってくれてる)

というように受け取られるらしい。

鈴木はいまわかるのだが、シンディは、しん子そのもの、なのである。この女は仕事と人生を分けていなくて、中身がモロ、仕事の声にも出ている。単純だが情の濃いところがあるのだ。それが聴取者にはわかるのだ。ボーイッシュなボサボサあたま、化粧っ気のない顔を見ていると、そんなに感情のこまやかな、情の濃い女にみえないのだが、ホントのところ、

(浄瑠璃《じょうるり》に出てくる女みたいや)

と、鈴木にはわかったのである。そういう女と、二人きりで、てっちり屋へいってみて、しっかり二人でてっちりを楽しみ、「女のほうが文化的である」という発見などをして、鈴木はシンディのことが忘れられなくなる。

前の妻のときは、欠勤していてもわからなかったのに、シンディに恋したときは、

(もう、シンディくる時分やなあ)

と思うと鈴木旦那はそわそわして、廊下トンビのように出たり入ったりした。

「女は、みな一緒やない、とそのとき思たなあ、つくづく」

鈴木は満腹したおなかを撫《な》で撫で、いう。しん子は煙草を喫いながら、片方の指で、モロッコ革の煙草入れをまさぐっている。この話は昔からよくしん子にもしたから、しん子は耳慣れているのである。何べん聞いてもしん子には快い話であるのだろ

う、機嫌のいい顔色である。

「オレ、しん子見て、思たもん。こら、ちゃう、て。前の女房《よめはん》のときとは、全然、気分ちゃうかったもん」

「どんなに、ちゃうかったん？」

しん子は色っぽいハスキーな声でからかう。ヒレ酒の酔いがまわってるしん子は、声に警戒や気取りがなく、鈴木は自分も酔いのまわっているあたまで、昔の、しん子との生活のつづきのような気がしてくる。

「わかってるくせに。しん子と仕事すんのん、嬉してたまらんかった。そんな気持がふしぎやったナー。なんでこういう気持になるのんか、我ながらふしぎやった。部屋の中で、誰かが、シンディがどうのこうのいうてる、シンディのスケジュールがどないやこないや、いう、と、もうそれだけで耳はそっちのほうへ引っぱられてしまう、そこへアンタが『お早うございまーす』なんて入ってくると、胸が鳴りっぱなし、カタカタというて」

「フフフ」

「そやから、何べんめかにてっちり食べにいって、『シンディ、結婚せえへんか』いうて——」

「アタシ、ウン、いうて、すぐいうてしもた、アタシも旦那のこと、それとなし調べとってん。いっぺん結婚してすぐ別れて独身や、いうのん知ってた。知ってたというのはアタシも関心あった証拠や。キャハハハ」

としん子は笑う。

やっと、しん子の笑いが出た。しん子のキャハハハ……という笑いは手放しに無防備な感じで、聴取者にも好かれていて、シンディがこう笑うと、相方の松本武則が、

「またまた……嫁入り前の女がはしたない」ときまり文句を挟むのがファンに受けている。

「いや、そら僕かて、やぜ。前の女房《よめはん》のときは……」

鈴木は大っぴらに今は「前の女房」と比較できる。

「顔見てもそんなん思わへんかったけど、シンディの時は、ほんま、抱きたい思てたもん」

「エッチ」

「男はみな、そうやぜ。好きやナー、思う女みたら、片っぱしから空想、いや、妄想してる。こいつ、あのときはどんな顔するねんやろ、こないしたら、どんな顔になりよるやろ、恍惚《こうこつ》にのけぞるエクスタシーの顔つきを想像せずにおられまへん……」

「ええかげんにせえ、ちゅうねん！」

「抱きとうて辛抱たまらんようなって、ついに、てっちり食いながら、『シンディ、結婚せえへんか』……」

「アタシ、あのときはホテルつき合《お》うてもええ、思てたのに、『いや、結婚つき合うて』いうねんから」

シンディ、いや、しん子との結婚は楽しかった。今度こそ、見栄も張りもなく、仕事が終ると家へ飛んで帰った。「稚くて愛を知らず」だった鈴木も、やっと、愛を知ったのである。好きな女と結婚するというのが、人生に於《お》いてどれほどの愉悦であるかを知った。しん子は見た目も口調も荒っぽくボーイッシュだが、それはしん子が選択した、美意識のあらわれであるように思われる。

気づかいがこまやかすぎるのを注意ぶかくかくしているのだ。しん子のやさしさは、それでも抑えかねて匂ってくる、という風情《ふぜい》で、オッチョコチョイの鈴木ではあるが、しん子と結婚して、

「シミジミ、嬉しかった」

と今でも言わずにおれない。

ところが、いいことはうまくいかぬもので、しん子が忙しすぎた。人気も実力もあ

るフリーの司会者・タレントを、鈴木も仕事柄、家の中に引っこめるということはしたくない。

これも仕事柄、鈴木も忙しくて、時間が不規則な勤めだから、二人はスレチガイばかりだった。シンディもよく働いたが、鈴木も仕事が面白いころだったから仕方ない。

子供ができたら、シンディもゆっくり休みとったらええねん、旦那もそれまではしゃアないな、と上司や同僚に慰められたりしていたが、シンディは妊娠したものの、とんでもないことに子宮外妊娠で、仕事先で倒れてしまった。

幸い、大事にはならなくて、姫路の実家で静養することになった。鈴木は一人暮しをして留守を守っていたのであるが、家事はあんまり、得手ではない。

しん子は遠縁のハイ・ミスの女が、神戸の洋裁学校に通っているので、その女に時々行ってもらって、掃除と洗濯だけしてもらうといった。鈴木はべつにええのに、と思ったが、留守の間に部屋が綺麗になっているので助かったことはたしか。

そのうち、留守の間ということになっていたのに、鈴木が帰宅してもその女はまだ居残っていて、

（あ、お帰りなさい。お風呂、入れてありますけど——あ、食事、先ですか？）

といいながらビールを抜いたりするようになった。

鈴木はその女が嫌いなのだ。毛深くて、浅黒い、いじけた小さい顔に、眉ばかり濃い、しかもいじけた顔なりに、いっぱいに媚《こ》びの笑いを浮かべているという、鈴木のいちばんきらいなタイプの女である。

これでみてもわかったが、この毛深い女に比べれば、別れた前の女房《よめはん》などは、まだしも、

「愛してた」

といえるのではないか。

少なくとも、そばにいられて不快ではなかった。決してキライではなかったのだから。

しかしこの毛深い顔に媚びを浮かべた女は、ほんとにキライだったのだ。こんな女につがれるビールは旨くも何ともない。鈴木は「もうええから帰って下さい」と何べん言ったか、わからない。しかし女は、ハイ、ここを片付けて、とか何とか言いながら……。

「結局、ややこしいことになってるんやないの」

と、話がそこまでくると、しん子の声は、鈴木の思いなしか、とんがってくる。

「いや、それが、そんな激ブスのくせに、挑発しよんねン」

「ことわったらええやないの、毅然《きぜん》としてはねつけたらどやのん」

「いや、ま、ヤバイなあ、いう気ィはあった、たしかに」

「気ィがあった、ということは、好きやった、いうことでしょ」

「好きやない、あんなん……大きらいや、ほかの男は知らん、少なくとも僕の趣味やない、ないけど、男っちゅうのは物のはずみ、いうことあるねん、人間性がストンとどっかへ落ちて、大キライな女でも、スリップ一枚になって着替えしてるとこをわざと見せられたりすると、どきんとして、むらむらとなる」

「ケダモノやな、まるで」

「そや。男はケダモノや」

「どうしてもそこ、分れへん、アタシ」

しん子は冷静にいおうと努めているようであった。

「元々なあ、あの子にいってもらう、いうたとき、親類のおばちゃんが、男一人のとこへ、女やるなんて猫に鰹節《かつおぶし》や、いうねんよ、何て次元の低い人らやろ思うて、アタシ、軽蔑《けいべつ》したわ。実はウチのお母ちゃんも、『まさかと思うけど、ねえ……』いうて心配してたの。アタシ、大笑いしたわ。そんな人ちがう、旦那は、いうて大見得切ってんわ」

「いや、ま、それは……」

「それがどうお。親類のおばちゃんのいう通りになったやないの、アタシ、恥ずかしイてみんなに顔向けでけへんかった」

しん子が突然、姫路から戻って来て、(無論、何ごころもなく)女が置いていた自分のパジャマや歯ブラシを見つけ、バレて大騒ぎになった。卒直で嘘のいえない鈴木旦那は、シラを切り通すことができない。

(二へん。二へんだけ。ごめん。すまん。二へん以上、やってない)

と土下座してあやまったのであるが、火のようにたけり狂ったしん子に、

(もうアンタの顔も見たないねん、キモチ悪いねん、一緒に御飯食べるのもむかつく、そばへ来られても寒疣《さぶいぼ》たつ、モノ食べてるのん見てるだけで気色わるい、呼吸《いき》してるのもいややや、死んだらエエねん、アンタなんか!)

といわれて、鈴木はとうとう離婚にまで追いこまれてしまったのである。あのとき上司が(旦那、別居せえや、しばらく)と忠告してくれたのは、まことに人生の先輩らしい妥当な示唆であったと思う。冷却期間を置けば双方、ゆとりも持てたであろうが、しん子は怒るばかり、単純な鈴木はそれに煽《あお》られて、思ってもいないほうへ駒《こま》を

進めることになったのだ。しん子はだんだん昂奮《こうふん》してくる。

「男て、みんな、女見たら、猫に鰹節やねンなあ、呆《あき》れてまうわ。紳士なんて、どこの国の男のことか、思うわ、アタシ、まさか、あんたがそんな低級な人や、とは思わへんかったもん」

「おいおい、今ごろまた、むしかえすんかい」

鈴木旦那にも言い分がある。

「大体、オマエが抛《ほ》っとくよってわるいねん」

「へー。アタシにも責任ある、いうのん。盗《ぬす》っ人《と》たけだけしい、とはこのことやわ。アタシは病気やってんから仕方ないやないの」

「そっちが仕方ないんやったら、こっちも仕方ないわい、何でそない、オマエは自分ばっかり正しいいうねん。おい、シンディなあ、フランスの小説か芝居か忘れたけどな、こんな話あるねん」

鈴木は昔からの習慣で、しん子をふとシンディと呼んでしまう。

「男が恋人の家へ訪ねていくと、恋人は留守で、女中か小間使いかが居った。男は恋人を待ってるうちに、妙な気分になって、小間使いと妙なことになってしまう、恋人が帰って来てそれを知る、男がすまんとあやまると恋人は何ちゅうたか。よう聞け！

アホ！

『ああ、あたしが悪かった、それはあなたのせいじゃない、想像のつくことなのに留守にしてしまったあたしが悪かったんだわ、あなたのせいじゃないわ、いいわよ、あなた』

——やっぱりフランス女はちゃう、思た。男の本性について理解がいき届いてる」

「フランス女が何やのさ！」

しん子は喫いかけのまだ長い煙草を灰皿にねじ消して、鈴木の言葉を遮る。

「アタシ、そんな、ぐうたらなこと、よういわんわ。アタシがこだわってるのは、アンタですら、あんな過ちするっていうこと。幻滅やわ、失望なんてもんやないわ、世の中がでんぐり返ったわ、お母ちゃんの『まさか』が本当になるなんて、アタシの面《メン》子《ツ》丸つぶれやったわ、恥ずかして顔から火ィ出た」

「オマエ、面子つぶされたから離婚したんか、面子なんかどうでもええやないか」

「信頼、裏切られたからや。心、ボロボロになったわ」

「継ぎ当てたらええやないか」

「生理的嫌悪感や、継ぎ当てて直るもん、ちゃう」

「まだそんな幼稚なこというとんのか」

稚くて愛を知らず、はシンディのことやないかと鈴木は思う。すると腹が立ってくる。離婚さわぎの時の腹立ちがよみがえる。

「帰るわ、アタシ」

しん子は煙草ケースをバッグにおさめ、黒い丸枠の眼鏡をかける。

「帰る？　いちばん旨い、最後の雑炊食うていかへんのか」

しん子は鍋の中を覗《のぞ》く。てっちりに慣れない人や、知らぬ人が見れば、白菜の切れっぱしなどが浮かんだ汚らしい残り汁、と見るであろうが、知ってる者には分る、この残り汁は黄金のスープなのだ。ほかの凡百の魚ちりや、しゃぶしゃぶ牛肉の残り汁とは比べものにならぬ美味なだしが湛《たた》えられているのだ。

これに御飯をぶちこんでくたくたと煮立たせ、溶き卵をかきまわして蒸らし、浅葱をぱらぱら振って食べる雑炊というのは——まあ、何といえばよかろう。

まさに美味のトドメを刺すというか、人生のトドメ、というか。

しん子は、迷った顔色だったが、とうとう、

「うーむ。雑炊に釣られたか」

といって笑い、また眼鏡をはずした。

すかさず、鈴木旦那は、

「食うていけや、何のためについてきてん」

「寒かったからや、ぬくまりたかったからや」

「ぬくまるだけやなしに、ふぐは体に光沢《つや》出るデ。綺麗になった」

鈴木は自分の手を拡げて手の甲を眺める。しん子は自分の手を鈴木の目の前に持って来、

「アタシのほうが、綺麗や」

「オマエなあ、なんでそないに、男に負けまい負けまい、とするねン、シンディ」

仲居さんが現われ、鍋のガスの火をつけて御飯を静かに入れてかきまぜる。

「まあ、雪が降ってまっせ、寒《さぶ》い思たら」

と仲居さんはいい、しん子はいそいで窓ガラスの外を見る。鍋の雑炊はふつふつといい匂いを立てて煮《た》きあがり、仲居さんは卵をその上にかきまぜて火を止め、

「寒いよって、このおみいで暖《ぬく》まっとくなはれ」

と、障子を閉めて出た。おみい、というのは雑炊の大阪弁である。静かに蒸らすあいだ、たのしい期待がたかまる。これはあまり蒸らしすぎては飯粒がかたくなる。てっちり評論家というべき鈴木旦那は、そろっと蓋《ふた》を取り、自分でお玉杓子《たまじゃくし》をとってしん子の茶碗にまず、ついでやる。窓を見たまま、しん子は、

「シンディ　オー　シンディ……」

と小さい声で歌っている。

「Cindy don't let me down
Write me a letter soon……」

鈴木旦那としてはエディ・フィッシャーの歌よりも、どこかで見た川柳が思い出されてならない。

〈神妙にお縄を受けて共暮し〉（時実新子《ときざねしんこ》）

というのである。お縄を受けるか、もう一度。――できそうな気もしてきた。

「おい、早よ食えや、シンディ。さめてまうデ」

さめてしまわぬ内に何とかしたほうがいいのは、自分とシンディかもしれぬと、鈴木旦那としては考えるわけである。

味噌と同情

今晩あたり「お常」にいこか、と思うと中垣《なかがき》はいそいそする。

だいたい、週一ぺんは行っているが、今週は二度めである。しかし、

(須賀《すが》に、逢《お》うたこともいうたらんならんしな……)

などと思う。

いや、それはどうでもいい。ほんとの所。

「お常」のママの常子も、昔別れた亭主の噂なんか、聞きたくないかもしれない。しかし、何か理由があると「お常」にいく大義名分ができる。オトナというのは何かをするとき、「……のため」という理由をつけることが多いが、またつけないと動きにくいようにもなってるのである。一週間に二回も「お常」にいくには、なにがしかの大義名分がなければ、四十七の中年の中垣には具合悪いこともある。「お常」は曾根崎新地《しんち》の横丁のビル地下にあるスタンド割烹《かっぽう》である。常連客は、女主人の常子を「ママ」とよぶが、かげでは「おばはん」というので、「お常」といわず、「おばはんの店」というのもいる。

小さい店で七、八人も坐るともう満員、奥のトイレへは、壁に掛ったコートと客の背をかきわけかきわけ、して行かないとたどりつけないという、狭い店である。

それなのに、いつ行ってもいっぱいである。

若くない男が多い。それと、ごくたまに、彼らが連れてくる、これも若くない女たちがいる。「お常」の料理は家庭惣菜《フツーのオカズ》風なのだ。ただし旬《しゅん》のものが食べられるのがい い。そういうものを賞玩《しょうがん》するのは、中年以上の男女であろう。

中垣は旬のものや、「フツーのオカズ」が食べたくなると「お常」へいく。中垣はべつに単身赴任《ふにんしゃ》者でもなく、おふくろの味信奉者でもないのだが、「お常」の料理を食べていると、

(うーん、これ、これ……)

と思う。大阪生まれ、大阪育ちの中垣が、ハタと膝を打つような、古い、昔ながらの浪花《なにわ》のおかずを「お常」は食べさせてくれる。

「昔、お婆ちゃんや、母がやってたとおりの味つけですけどねえ」

と常子はいう。

常子も大阪育ちの女である。

冬は大島の着物に白キャラコの割烹着、夏は薄いボイル地の水玉のドレスなんかに

白いエプロンという恰好で、皿洗いのアルバイト少女のマリちゃんを使って、カウンターの向うにいる。大柄《おおがら》で怒り肩、首もがっしりと太く、尻の大きな、いうなら、いかつい感じの大女である。顔の肌理《きめ》も粗《あら》くて、美人というのではないが、大まかな目鼻立にじっくりと滋味《じみ》があり、まじめな眼つきがいい。肉厚の頰がほころぶといい笑顔になり、

(こういう女のつくる料理こそ、旨《うま》いのだ!)

という気がして、中垣はりんりんと食欲が湧《わ》いてくる。りんりんと勇気が湧く、というのはあるが、中垣の場合は食欲がおこるのである。

実際、中垣は「お常」がなかったら、

「どないして生きていったらええやら、わからへん」

と、これは常子にもいう。

「僕ら、ここあるさかい、やっと生きてる」

その夜、「お常」には先客二人、珍らしく若いカップルがひそひそ喋《しゃべ》りつつ食べていた。そのほかはいないが、これからどやどやとやってくるかもしれない。「お常」の店の性格上、どこかへ打って出る前にちょっと寄って軽く一ぱいひっかけるとか、それともうーんとおそくなってから、酒のあとの空腹しのぎにかるくお茶漬でも食べ

に寄るとか、そういう客が多い。これらは長っ尻はしない。

そのまんなかの時間帯に来る客は、ゆっくり飲んでいく。中垣はそのクチである。

ママは今夜は春らしい白大島の着物を着ていて、なおカサ高く見える。

水をくぐらせる指は赤く太くなっており、太い手首には輪が入っている。下女、というような手であるが、それも、うまいものをつくりそうな手にみえる。

常子はその手をこすり合せつつ、

「そない言いはったかて、中垣さんのお好きなもの、大根おろしとチリメンジャコ、いうのやもの、料理といわれへんわ」

と笑った。

笑うと眼が糸のように細くなって垂《た》れるのもいい。ふだんは悲しいほど、まじめな眼つきなのであるが。

それに、かすれ声ながら、品のいい声、物の言いぶりもおくゆかしい。生まれもよく、教養もあることを示している。四十三という常子のとしからみれば、おちついているのは当然かもしれないが、しっとりしているところもいい。かすれ声にも、中垣は、いうにいえない哀切な情緒《じょうちょ》を発見して、気に入ってるのである。

といって、中垣は惚《ほ》れてるのではない。

同じ会社の酒巻も、この「お常」の常連だが、二人でこっそり、こんなことを言い合ったことがある。

「食べたり飲んだり、する店のママは、あんまり別嬪《べつぴん》やとあかんな」

「せやな」

と酒巻は深くうなずく。これはずんぐりむっくりの小男である。酒巻はいう。

「美人やと血が騒いで、物食うても味わからへん。『お常』のおばはんぐらいがちょうどええ」

「というて、まんざら品のないおばはんも、心ゆるして食べる気ィせえへん。あこのママは品ええ」

中垣は常子のことを「おばはん」とは呼べず、陰でもママといっている。昔の知人(須賀のことだ)の妻だった人をおばはんとは言いにくい。

「せや。旨いもん食わしてくれたら、がらっぱちのおばはんでもかまへんようなものの、同じことなら感じええほうが、ええな。これは色気とは別やな」

酒巻は「品がよい」というのを「感じええ」と表現するようであった。中垣はいう。

「昔、ほら、『事件記者』いうテレビあったやろ」

「大昔やな」

「あしこに、一杯飲み屋のおかみさん出て来てたけど、あれは色っぽかった、あない色っぽいのは不自然やな」

「うん、あんなママのいてる店でおちついて飲んでられるかい、気ィ散って」

と酒巻はいい、

「その点、『お常』は気ィ散らんと飲める。おばはんはやや巨体にすぎるが、まああそこも暖《ぬく》うてええ」……

中垣もそう思っている。

中垣のいきつけの店はわりに少い。彼は口数も少く、温和で人あたりのいい、目立たない男に思われているが、内実は、好き嫌いが烈《はげ》しい。それを公表しないだけである。

このトシになるとキライなもの、好かぬ奴が多くなってきて、困ってしまう。困ってしまうがどうしようもない。会社でもキライな奴がどんどんふえていく。中垣は何くわぬ顔をして働いているが、常識的な当りさわりのない人交わりをして、適当にやっている。ちょいとした小料理の店で「何しましょ」と訊《たず》ねられ、「任《まか》すわ、おすすめ品、今日は何やねん」というと、「みつくろうてやりまほか」などといわれる、それと同じく中垣の対人関係の要諦《ようてい》も「お見つくろい」である。途中入社の中垣は出世の道も疾《と》うからふさがれており、いわば人生「お見つくろい」で過ぎた観がある。大学を出てすぐ勤めた○○商事が、あっけなく倒産してしまった。そのあと繊維会社へ入り、系列の化粧品会社へ移らされた。妻の邦子は「○○にいる人だからと思って結婚したのに、生まれもつかぬ安サラリーマンになったのねえ」と笑うが、半分以上、本音に違いない。しかしそういう廻り合せなのだから仕方ない。邦子のほうは、若いときから勤めていた神戸の貿易会社にまだ勤めており、かなり高給取りである。


　中垣はずっと共かせぎで過ごしてきたのだ。

英語の達者な邦子は、家庭に引っこんでいることなど考えられもしないという。娘が一人でき、今は女子大生であるが、中垣はそれもすべて「おみつくろい人生」で、否《いや》も応もなく、目の前へ供された気がする。

「頼《たの》うだお方」と思った会社がたよれない、はかないものであったという認識が身に沁《し》みて、すべておみつくろい、「任せるわ」という人生になってしまった。

　そういう生きぐせが身につくのとあべこべに、好き嫌いは顕著《けんちょ》になっていく。

飲むところ、食うところ、みなそうだ。

中垣は、ミナミの玉屋町に小さいバーをみつけて、これはええなあ、と気に入っていたのであるが、馴《な》れるにつれ、そのママが、

「いただきます」

と中垣のボトルの酒を勝手についで飲むのを見て興ざめてしまった。もとより中垣は吝嗇《りんしょく》だとは自分のことを思っていない。中垣のほうから最初、「ママ飲みいな」とボトルの酒をついだのである。中垣にしてみると、どんなに馴れても、やっぱり客がすすめ、而《しこ》うしてママが「いただきます」といってほしい、という気がある。これが美意識に叶《かな》うやりかたで、せめて自分の好きな店を選ぶときぐらいは、「お見つくろい」をあてがわれるようなのはいやだと思う。

しかしまあ、それもこれも中垣の、単なる気むずかしさであろう。

ある店は、店側の感じはいいのだが、客すじがいやになっていかなくなった。会社の同僚らしい人間がいつも数人群れているのだ。群れると大声で仕事の話をしている。それも億単位の取引の話を聞けよがしにする。

中垣は、あれは熱中して、思わず声が高くなった、というものやない、と思う。彼らは聞かせたいのだ。まわりに聞いてほしいのだ。

湯豆腐の一人用小鍋《こなべ》などを前に、ぼそぼそと無言で食べている男一人の客に、景気

のいい話を聞かせ、耳を引っ立てさせたいのだ。

中垣はその店にもいかなくなってしまった。

スナックだが、うまいものもちょっとできる、という店を教わって出かけたこともある。

千日前のその店はしかし、女の子が多すぎた。店の女の子も何人かいるし、客にも若い女が多い。中垣はそういう店も採らない。おちついて飲める店、食える店、を捜しているのであって、べつに若い女を眺《なが》めて楽しもうという気はない。オトナの男としては、若い者の多い店は猥雑《わいざつ》で趣味からそれる。

といって、馬鹿高い店も困るし、ハイカラすぎるのも困る。

西洋懐石の店を紹介された。心斎橋《しんさいばし》から鰻谷《うなぎだに》へ入ったところである。中垣が行ってみると、黒い御影石《みかげいし》の壁面も粋《いき》で、カウンターに胡蝶蘭《こちょうらん》など飾ってあり、ピカソの絵の複製など掲《かか》げてあった。そういうハイカラな雰囲気なのに、お箸《はし》が出て来て、日本酒の燗《かん》もできる。

これは、と嬉しくなっていると、出て来たのは貝柱のクリーム煮であった。

何をかくそう、中垣が、心身くつろげる店をさがして彷徨《ほうこう》するのは、クリーム料理が食べたくないためなのだ。

妻の邦子は西洋料理が好きで、何かというとクリームをかけたり、クリームで和《あ》えたりする。コロッケもクリームコロッケをつくり、バターやチーズをふんだんに使う。

中垣は若いころは西洋料理がいやではなかった。いま女子大生の娘が、母親の手料理をおいしがって食べているように、中垣も満足していたのだ。クリームシチューをすっかりさらえ、パンであとの残りもさらって食べるということをしていた。

しかし、そういう「お見つくろい」料理にいやけがさしてきたのだ。

ポタージュなんかより、味噌汁がよくなった。

ピクルスなんてものより、糠漬《ぬかづ》けの胡瓜《きゆうり》やなすびが食べたい。旬《しゆん》のものが食べたい。

邦子は日本料理なんて手の掛るものはやってられないという。

そんなに大層なものであろうか？　中垣は自分でやればいいのだが、庖丁を持ったことがない。その代りに、味噌汁や漬物を食わせてくれる小粋《こてい》な店を捜しはじめたのである。

やっとのことで「お常」とめぐりあい、「お常」がなかったら、生きていられへん、というようになった。

り、していたのだ。

尤《もっと》も、常子とは前から知り合いだったので、「お常」を開くについて相談に乗った

「お常」のカウンターの上には赤絵の鉢《はち》がたくさんあり、そこに、さまざまなものが盛られている。客は、あれとこれ、それ、などと指さして取ってもらえる。

小芋《こいも》、千切りの煮《た》いたん、蕗《ふき》の煮いたん、それに、筍《たけのこ》とわかめの煮いたん……などが並ぶ。

「嫁菜《よめな》めしがあるんですよ、それから――」

と常子はいう。

「中垣さん、土筆《つくし》の油いため、なんていかがですか」

「土筆、もう出とるのか」

「マリちゃんが淀川の土堤で取ってきてくれました」

「ほう。春やなあ」

「いっぱい出てますよ」

とマリちゃんは顔をあげていう。

ほんのぽっちり、小鉢に土筆が出てくる。ハカマをとってあく抜きをして、炒《いた》めて煮《た》く、なんて手のかかることをしてくれるのが嬉しい。砂糖と醬油でほどよく味つけ

されていて、くたくたした舌ざわりの、どうということはないものながら、それが、「土筆」というだけで嬉しい。春を食べているという感じになる。中垣はこういう贅沢《ぜいたく》をしたいのだ。

筍とわかめの煮いたんをもらう。

独活《うど》の酢《す》のものをもらう。

このところ、中垣の味覚は急速に古典趣味になりつつある。もともとそうだったのが、おとなしい性格なのと、妻の料理がまずくなかったのとで、バタくさい風味に慣らされていたのであった。

しかしこのところ、五十を目前にして、ようやく、本然《ほんねん》の地が出てきた。バタくさいクリーム煮がいやになってきたのである。

「『お常』、できてから何年になるかいなあ」

「三年です。この夏には」

「まだそんなもんか」

「あたしはえらい長いことになると思うてますのに」

常子は糸のような目になって笑う。三年間、春、夏、秋、冬の旬のものを食べさせてもらったので、中垣はすっかり味覚の本卦《ほんけ》がえりを経験してしまった。もう死んだ中垣のお袋や祖母がつくったのと同じ味を、この年になって食べることになろうとは思えなかったので、嬉しい。

なまぶしと焼豆腐のたき合せが、目の前の鉢に盛られている。

見ているだけでもうれしい。

これがもうちょっとして、暑くなってくると、「ざくざく」——胡瓜もみに蛸《たこ》が食べられる。はもの皮と胡瓜もみを合せて酢で和えた、はもきゅうを出してくれる。鴨《かも》なすの田楽《でんがく》で日本酒を飲むのをおぼえたら、もうシチューでワインなぞやっていられない。

中垣はスパゲティより、うどんが食べたくなっている。

塩胡椒《こしょう》より、醬油である。

いや、妻の邦子は醬油を牛肉料理に使うことはある。しかし味噌は絶えて使わない。そもそも家に味噌というものを置いてない。

今までは、中垣は、味噌汁を飲まないのでそれですんでいた。しかし鮭《さけ》が生まれた川へ帰るように、昔の味覚がなつかしくなると、味噌料理がやたら恋しい。田楽の味噌、牡蠣《かき》の土手鍋、すべて「お常」で食べさせてもらった。

「お常」がなかったら、

（どないなってたやろ）

というのは中垣の実感である。邦子は、中垣が日本料理を食べたいといっても、「それでは」といって作るような女ではない。自分がこうする、ときめたこと以外は、人生の予定表に一切、書きこまない女である。

食事は土曜日に買出しにいき、作って冷凍しておき、一週間の献立もきまっている。邦子も仕事持ちだから、旬のものや「フツーのオカズ」が食べたい、などと贅沢な指図はできない。それは心得ている。

中垣は理解力があってやさしいのである。

幸い、「お常」が開店したからよかった。

邦子に、鴨なすの田楽や、牡蠣の土手鍋が食べたい、などといったら撲《は》っ倒されるかもしれない。

秋は、「お常」でけんちん汁を食べる。これは豆腐を油でいためて、大根やにんじんを入れて、トクトクとたいたもの、庶民のオカズである。こういうものに、厚揚《あつあげ》をさっとあぶって辛子《からし》醤油をかけたもの、なんかで日本酒を飲んでいるのが、中垣の、人生中歳でおぼえた極楽である。

邦子はテニスクラブへ行ったりして、中年の楽しみを満喫《まんきつ》しているようであるが、中垣はもっぱら旬の味である。

二人とも、はなればなれに楽しみをみつけるのがクセになっていて、どちらもそれで不自然と思わなくなった。邦子の交友関係は仕事柄、外人や「英語遣《つか》い」が多い。中垣はそういう連中とつき合いたいとは思わない。人間のバタ臭い、クリーム臭いのもいやになったのだ。

人間も、料理と同じで、このトシになると、

「醬油味《あじ》」

「味噌味」

のがいい。

そうして好き嫌いの多い中垣、うわべは温和に人あたりよく見えながら、年々、「キライなヤツ」がふえてる、厭人癖《えんじんへき》のやや出てきた中垣が、

(これはまあ、いける)

と思う醬油味・味噌味人間は、会社の酒巻であり、「お常」の常子である。邦子の仲間の「英語遣い」なんぞ、最も、中垣の好まぬ人間たちだ。英語のしゃべれない中垣はヤキモチでいっているのかもしれないが、そういえば、先日、逢った須賀は、あ

いかわらず「英語遣い」の顔をしていた。

北新地のバーへ、中垣はめったにないことに部長に誘われていった。かなり高級なバーでこれも「お見つくろい」で行くならともかく、中垣は好みの点からも財布の点からも自分では行く気がしないであろう。

坐っていた席の横をトイレ帰りの男客が通り、中垣をみつけて、立ち止り、

「お」

といい、会釈《えしやく》した。それが須賀だった。呼びとめて話すほど親しくないので、中垣もやあですませて会釈したが、須賀は若々しくなって身なりも粋にみえた。細縁《ほそぶち》の眼鏡をかけて、細おもての顔には俊敏な表情がうごき、この頃はテレビに出ることも多いから、どことなく足どりも軽そうである。何より、昔に変らず、

「英語遣い」

という顔の雰囲気やと、中垣は感慨を深くする。ただ、背を見せた須賀は、相応にトシがやや、いった、という感じでもあった。しかし須賀の様子を見れば、いかにも妻の邦子のつくる料理、えびのグラタンとか帆立貝のソテーとか、サーモンのバターソースなんていうものにふさわしく、邦子と共通の匂いがある。

とてものことに、けんちん汁や、鴫なすの田楽という雰囲気ではない。片やハイカ

ラ、片やもっちゃり、と野暮《やぼ》である。ところがハイカラな須賀が、もっちゃりの常子と五年前までは夫婦だったのだから、世の中はわからない。

邦子は仕事柄、よくパーティに出席するが、夫婦同伴というので、よんどころなく中垣も引っぱっていかれることがある。

これが中垣は苦痛である。英語やフランス語が飛び交う中で、不得要領《ふとくようりょう》な顔をして水割のグラスをすすっている自分、というのがみじめにみえてくる。邦子はかなり美しく目立つ女なので、そういう歓会《パーティ》がたのしくてたまらぬようであった。流暢《りゅうちょう》な英語を操《あやつ》って、中垣を抛《ほ》ったらかしたまま、すいすいと泳ぎまわる。

中垣を外人に紹介しただけで、また、すい、と離れてしまう。

「おい、おい、て……邦子」

中垣は心細さに思わず呼ぶ。

「抛っていってくれるなよ」

中垣の声が大きかったせいか、まわりの人々がふりむき、日本人の出席者もたくさんいたから、みな笑いの表情を好意的にとどめていた。

邦子は笑いながらその場に戻ってきて、そばの外人に何かいい、

「抛っていってくれるなって……どういえばいい？　そ、そ、英語のうまい人いるん

だわァ、須賀ちゃん」

と呼んだ。

背を見せていた男がすぐふり向いた。

一目見て中垣は、

(「英語遣い」の顔やなあ)

と感心した。色白で細手、面長の顔に細縁の眼鏡、顔の表情がいかにも、日本語の文法や文脈と隔絶《かくぜつ》した、回路の複雑そうなものがあるのだ。

あるかなきかの笑みを口辺に浮べ、練《ね》れた視線をまわりに投げて、「話しかけやすそうな」やわらかい表情になり、ン? という風に邦子を見る。

「抛っていってくれるなよ、ってどういうの、英語で」

邦子がいうと、彼はかなり濃い色のウィスキーの入ったグラスを握ったまま、片手の肘《ひじ》をかかえこみ、

「うー、まあ、ドントゴー・ウィズアウト・ミー、というより、ｄｏｎ，ｔ ｌｅａｖｅ ｍｅ ｏｎ ｍｙ ｏｗｎ！ ……ちゅうか、何や、ようわからんけど、誰が誰に、いうてるんです」

と手だれの発音らしくいった。そのとき邦子は、「あ、紹介する、これ、須賀ちゃ

ん。新聞社やめて、いま広告会社に勤めてる」といった。アメリカの大学を出たそうである。

そこへどっしりした女が来た。邦子は須賀の妻の常子だと紹介した。

茶色のデシンのドレスを着ていて、美人ではないが、女ながらにどこか、重厚な風がある。

中垣が、初対面から常子を、いい感じと思ったのは、常子の顔に浮ぶ表情には、

「英語遣わず」

という、見識のようなものがあったのである。それは亭主の「英語遣い」よりずっと好ましく中垣には、うつった。

常子は外人に話しかけられると、ゆっくりと言葉のわかる人間を目でさがし、彼なり彼女なりに声をかけて通訳させるのであった。その間じゅう、にこにこしているので、傍からみていると、常子が「英語遣わず」であることはほとんどわからない。

中垣のように妻に置いていかれて周章狼狽《しゅうしょうろうばい》、「抛っていってくれるなよ」と悲鳴をあげるのとは貫禄《かんろく》がちがう気がされた。中垣は「英語遣い」の前に出ると何となく、コンプレックスを感じるが、といって「英語遣わず」の看板を掲げて毅然《きぜん》とする、という貫禄もないのであった。

その日はおのずと、常子とばかりしゃべった。須賀とはニューヨーク旅行のとき知り合った、という話を聞いたりしたが、「英語遣い」の夫と「遣わず」の妻のたたずまいには共通点がないように思えて、中垣は、二人の仲はあまりよくないような気がした。

自分のことはわからないものだから、「英語遣い」の妻と、「遣わず」の夫も、ハタからみればそう見えるかもしれない。しかし中垣は妻ともまあうまくやっているつもりだ。少くとも破鏡の予感はない。

しかし見るからにハイカラな夫と、見るからにもっちゃりした妻は、ふしぎな見ものだった。

もっちゃり、というのは、「もっさり」というのより、もっと野暮ったく鈍《どん》くさいという感じの大阪弁である。しかし常子のもっちゃりは、どこか堂々としており、見苦しいものではなかった。

常子と中垣は小声で、この席のごちそうに、塩のおにぎりがお漬物《こうこ》と添《そ》えてあれば、どんなに嬉しいか、などということを話し合った。

「こういうパーティ、たいてい、フライドチキンとか、サンドイッチとか、ケーキみたいなんばっかりですわね、わたし和食党で、こういうの、どうも」

と常子はいい、料理が好きなので、昼間は料理教室へ習いにゆき、夜は一週間に一、二度、知人のやっている割烹店へ手伝いにいっているといった。須賀はハンバーグやスパゲティさえあてがえば文句をいわない亭主なので、

「お料理のつくり甲斐《がい》がありません」

まったりした口調でいい、糸のように眼を細く垂れて笑った。

須賀に北のバーで会《お》うた、というのをいおうか、どうしようか、と中垣は考えつつ、土筆《つくし》を食べ、筍とわかめの煮《た》いたんをたのしみ、独活《うど》の酢のもので、春の清らかな風に触れた気がする。

小さい清水《きよみず》焼きの盃《さかずき》で、ちび、ちび、と日本酒を飲む。グラタンやソテーやクリーム煮や、なんて食えるかい、と思う。英語遣いの顔なんて見て飲めるかい、と思う。

といって、何も須賀に悪意をもっているのではない。邦子の話によれば須賀はいま、大学のセンセになっているそうで、女の子の雑誌に執筆したり、テレビに出たりして、何となくタレント文化人になっているが、それはそれで須賀の勝手である。中垣はべつに須賀に何の含むところもある者ではない。

しかしハンバーグやスパゲティがあれば文句をいわぬというような味覚の人間に対して、そこはかとなき優越感がある。

須賀はいまも若い妻と、そういう食生活を送っているのであろうか。

須賀に若い愛人ができて、常子は別れることになった。

中垣の会社へ常子が電話してきて、よかったら会ってもらえないだろうか、という。中垣が承知すると、常子は落ち合う店を教えた。

店の場所の説明が要領よくて、中垣は好感をもった。頭のいい女だと思った。過不足ない説明ができる能力、というのは、女でも男でも珍らしい。

しかしそのあたまのいい女が、なんで親しくもない中垣に会ってくれというのであろう。「お見つくろい人生」で生きている中垣は、ややこしいのはごめんや、という気がある。

まさか、あの、「女ながらに重厚」な常子が中垣を色恋沙汰の相手にえらぶとは思えなかったが。

その店はミナミの宗右衛門《そえもん》町のビルにあり、白木《しらき》の格子戸《こうしど》のさっぱりした割烹店だったが、常子は白木のカウンターの前に坐って待っていた。

冬だったから、まずかぶらむしが出た。

「ここ、なかなかおいしいものがありますねん。それに、よそのお店では出えへん、普通のお惣菜、食べさしてくれはりますねん」

常子はたのしそうにいい、小声になって、

「実は、わたしも、そんな、フツーのオカズ、そして、旬のものを出すお店、作ろかしらん思うて。中垣さんにここのお料理あがって頂いて、批評、お聞きしたい思いましたの」

という。

料理が好きだというから、それはいいかもしれない、子供もないそうだし……と中垣は思い、

「ご主人の批評は聞かれたんですか」

「別れましたの。主人に好きな人、出来ましてね。まだ二十二、三の若い子なんですけどね」

常子は箸を置いて、

「主人いうたら、浮気してるとき、電話で英語でしゃべってるんですよ。わたしにわかれへん、思《おも》て。腹立つわァ」

中垣のあたまには「英語遣い」の須賀の顔が浮ぶ。

「主人に、何の電話？　ていいましたらね、商売の電話や、とごまかしますの」

「しかし……そうかもしれんでしょう」

中垣は「英語遣わず」の常子を見つつ、つい口に出していう。

「英語ですから。何しろ」

「そうですけど、わたし、主人の口調だけで、ハハン……とわかりましたわ。だけど、腹たつと思われません？　浮気の電話を英語でしゃべるなんて。こっち分らへんとバカにして」

「思います」

——「英語遣わず」の二人の連帯感から義憤を発して中垣は力強くいう。

「いろいろありましたけど、わたし、家を出ましたの。それで、一、二年まだあと修業して、そのうち、小さいお店でも持ってやってみようかと思っています。小料理屋さんも多いけれども、大阪のお惣菜を食べさせるお店は少いやろ、と思《おも》たら、ここがありました。尤も、ここ、冬は鍋物もなさってて、品数は多いですけど」

中垣は常子が注文した小鉢物の料理を、

「むさぼり食った」

といってもよい。みななつかしいたべものである。

いわしの煮付けが出てくる。針生姜《はりしょうが》とともに、醤油と砂糖でこっくりと煮てある。新鮮ないわしなのか、身も崩れていず、酒の肴《さかな》によい。

しっとりと煮つけられたおからが出てくる。山椒《さんしょ》と紅生姜が天盛りしてあって、これも酒が旨くなる。常子は酒はだめだといい、ビールで相手をする。

そのうち、白味噌で煮たすじ肉のドテ焼きまで出て来た。こんにゃくとともに、白味噌の中でぐつぐつと煮られ、とろけるばかり柔《やわら》かくなっている。

それよりも中垣をほろりとさせたのは、その白味噌（これには赤味噌も混っていたようであるが）の味である。

（うーむ、長いこと味噌ちゅうもん、食わなんだ！）

里心《さとごころ》がついてしまったのだ。

まがい洋行のごとく、西洋料理ばかりあてがわれ、御飯はバタライスやチャーハンや、と食べる機会はあるものの、味噌は絶えて口にせなんだ。すじ肉に混って味のはんなりした白味噌の旨さをどういえばよかろう。

「ほんまや、これは旨いわ、常子さん、こういう店を作って下さいよ」

更《さら》に中垣はそのあと、わけぎのぬたが出てくるに及んで感動してしまった。赤貝・

鳥貝に、湯を通したわけぎ（細葱）を刻んだものをからし酢味噌で和えてあるのだが、この白味噌の味がいい。甘くてツーンと辛くていい。バターやクリームなどの及びもつかぬ、さっぱりした、それでいて底深い玄妙な味わいになっている。

「白味噌なんてもんをよくも上手に利用したもんですなあ。そういうたら、正月の白味噌の雑煮も、長いこと食べてない」

中垣のお袋が生きていたころは、正月にやって来て作ってくれた。しかしお袋が死ぬと邦子はおぼえようという気もないらしく、正月は来客にそなえてシチューやカレーをたくさん作っている。いつだか、正月に京都のホテルへ泊った時に食べた白味噌雑煮がまずかった、といって、それからは見向きもしない。

更に、「なんばさつま」が出た。これは葱とさつま芋を醬油とだしでたいたものである。

中垣は少年のころ食べた記憶があるが、これもなつかしい。常子の話では、こんな変哲《へんてつ》もないオカズであるが、この店で食べると、

「けっこうお高いんですよ、素材がみな産地から直送してくるもんですから」

ということである。中垣は味噌もたぶん、京都の有名な店のものであろうかと思う。それにしても懐石料理や何やかやと一流の日本料理より、あまり手をかけぬ日常

惣菜のほうがおいしいかもしれない、それも旬のものならなお更、と常子と話し合った。

店を開くについて常子と「相談した」というのは、このときのことである。

中垣は興に乗じて、

「ついでに大根おろしなんかもたべさせてもらいたいな、うまい大根、というのがなくなってねえ」

といった。

「それに、小さい白いチリメンジャコ」

「高価《たか》いものにつきそう」

「うまいもんは高価いですよ、それは」

しかしなぜ常子は、中垣を誘って、そんな「相談」をもちかけたのであろう。常子は熱心に、

「お茶漬けとか、梅粥《うめがゆ》とか、そんなものも食べられるようにしたいんです。それから季節のたきこみ御飯——まつたけ御飯、たけのこ御飯。かやく御飯……」

常子はビール一本をもてあつかいかねつつ、楽しげにいう。夢さまざまに胸はあふれているのかもしれない。

「ああ、よろしなあ、かやく御飯には、白味噌のおつゆをつけてほしい」

中垣も陶然《とうぜん》とする。

夷狄《いてき》の料理で荒れた舌の上に、かぐわしい昔ながらの味がよみがえってくる気がする。そやそや、かやくごはん、にんじんや椎茸《しいたけ》、薄揚《うすあげ》に竹輪、こんにゃく、ごぼう、小芋……そんなものをだしや薄口醬油でたく。たくさんの具のことをかやくというが、飯櫃《めしびつ》の蓋をあけたとき、ふっとたちのぼる香りたかい醬油の匂いに、少年の中垣は空腹をそそられたものだった。

「栗御飯、牡蠣《かき》めし、春はえんどう御飯、菜めしに、嫁菜めし。あずき御飯、おかゆも時により、出してみたいわ……」

「嬉しいですなあ。寒いときの芋がゆなんか、泣けてくるやろうなあ」

「中垣さんと同じような年頃のせいか、小さいときに食べたもの、一緒ですのね」

「食べたいものも一緒ですよ。いま、このトシになったからこそ、フツーのオカズのうまさがわかるんですよ」

「この年になればこそ、ねえ……」

「やっぱり若いうちはわからへんけど」

常子はビールのグラスを置いて、

「二十もトシが違《ちご》うてて、話が合うんでしょうか、あんなに若い子と」

とひとりごとのように呟《つぶや》いた。若い愛人のもとへ走った須賀のことをいっているらしかった。それが言いたくて中垣を呼んだのかもしれない。中垣は常子夫婦をほとんど知らないのだから答えようがない。

「男のひとって、そういう場になったら、やっぱり若い人をえらぶんですか?」

常子は取り乱しているのではなく、つくづく、男は分らぬ、と嘆息するようにいう。

中垣は辛うじて答えた。

「人によるんでしょう」

そのとき中垣は、須賀のことを、

(正直な奴ちゃ)

と感心したのである。二十も年下の若い女の子に慕《した》い寄られたら、中垣も、邦子を捨てて、そっちへいくかもしれない。若さ、というものへの男のあこがれは強い。しかし中垣にはできない相談である。とてものことに中垣には妻や娘を捨てられない。

須賀と常子がどういう夫婦関係だったのかわからないが、中垣は須賀のことを、

(正直な奴ちゃ、けど、無責任な奴ちゃなあ)

と思う。「英語遣い」を見くだすわけではないが、あのときの軽やかな身ごなしと、このたびの出処進退のあざやかさがまことによく釣合っている気もする。

「ま、これからは将来に希望をもって、われわれ中高年の希望の星、みたいな店、つくって下さい」

中垣が気を引き立てるようにいうと、常子は土に陽光が沁みこむようないい笑顔を見せ、

「ハイ。そう思うてます。よろしくお願いします」

といった。泣き顔を見せたり、グチったり、することはなく、「女ながらも重厚」という感じは失《う》せていなかった。

常子は中垣に言ったように、一、二年よその店で勉強したあと、キタに店を開いた。離婚のときは須賀からほとんど何も貰わなかった、というが、ひょっとすると、あたまのいい彼女のことだから、かなり早くから独立準備をすすめていたのかもしれない。

「お常」が開店してから、中垣は、これぞという人間だけを紹介している。前の店からの客も多く、みな手固い、中高年のサラリーマンたちで、「お常」は順調である。

酒巻が、「あのおばはん、ひとりもんか」と聞くので、亭主が若い女へいってしまった、と中垣がいうと、じっくり考えた末、

「うーむ。やっぱりおれかて、若い肉体は魅力あるよってなあ。おれかていくかなあ」

と酒巻は呻《うな》った。そして、

「いや、ま、そら、あのおばはんがいかん、いうのやないけど、若い女の子こられたら、勝てんデ。早《は》よいうたら捨てられたわけやな」

「そうなるかなあ。しかしこの店、開いてもろたから、こちとらとしては、ママが離婚してくれたほうが幸わせやったけどな」

「それはそやけど」

と酒巻はまた考え、

「ふーん。二十下の若い女の子がなあ、四十男につくか。羨《うらや》ましいけど、僕にはでけへんな、たとえ、ついてきてもろても」

中垣と同じことを考えているらしい。

「けどいつか逃げられへんか、その男。いつまでも若い女の子がついて来てくれるとは、限らへんやろ」

しかし中垣の妻の邦子の話によると、須賀とその若い妻は、仲よくいまも暮らしているそうである。邦子も含め、いずれも「英語遣い」の連中であるから、親しくゆき来しているらしい。

中垣はこのごろ、邦子がいくら誘ってもパーティにいかない。何しろ、好き嫌いが烈しくなっているのだ。いやなことはいやなのだ。

それに中垣は、常子サイドに立つせいか、「英語遣い」の連中にゆえ知らぬ反撥を感じている。

妻の邦子は、須賀が、いまの若い妻に、「とってもやさしいのよ」という。

「やっぱり本当に愛してたのは、常子さんより、いまの奥さんのほうやってんね」

中垣は胸の中で、

（アホか）

と思う。中垣は男だから男の発想で考える。

須賀が若い妻にやさしい、というのは、中年男が若い肉体にやさしい、ということなのだろう。愛してるのへちまの、ということと違う。

（あの「英語遣い」め）

などと、別に中垣に対しては何の悪いこともしていない須賀に、心の中で毒付いてしまう。

これは常子が、だんだん身内のように思えてきたための、身内ビイキのせいであろう。あるいは知らず知らず、若い女と一緒になった須賀に嫉妬《しっと》しているのかもしれない。

若いカップルが席を立ってしまうと、客は中垣ひとりになった。今夜は春先にしてはちょっと冷え込むので、客足が途絶えているのであろうか。

「中垣さん、嫁菜《よめな》めしにしはりますか、それとも……」

と常子はにこにこして、

「お餅がありますよって、いっそ、白味噌雑煮、つくりましょか。お雑煮やいうて、お正月だけしか食べたらいかん、いうことあれへん。縁起もので、不味《まず》うても食べないかんのならともかく、大阪の白味噌雑煮は、いつ食べてもおいしいんですもの」

「作ってくれるか、ほな、そないしょう」

中垣は心が明るんでくる。酒もそう飲めるわけではなく、ビール中瓶一本、酒一合ばかり、あとのしめくくりに御飯少々、というのが中垣のきまりである。御飯の代りに雑煮というなら、それもぴったりときまる。

「お雑煮なんて正月以外、食べる気ィもせえへんわ」

とマリちゃんはいう。

「だって、お清汁《すまし》に焼餅一つ、かつおぶしぱらっと上へふる、というのが、うちの田舎の雑煮ですもん」

「貧しい食生活やな。どこや、いったい」

中垣がいうとマリちゃんはニヤニヤして、

「山陰です。ほかにご馳走《ちそう》が多いとこですから、お雑煮は問題にしてません」

「大阪のん食べてみい、びっくりするから」

常子は、料理をしながら、

「〽正月うれしや銭《ぜぜ》持って
　雪より白い飯《まま》たべて……

なんて歌、歌いはれしませんでした？　中垣さん」

「知らんなあ」

「〽三日ころりとまるあそび
　石より大きい餅《あも》たべて
　割木《わりき》のような魚《とと》すえて

こたつにあたって　ねんねしよ……

いうんですよ」

「可愛い歌」

マリちゃんが喜んでしまう。

「これ、東区うまれのわたしが歌《うと》うてたお正月の歌ですけど、おばあちゃんは河内《かわち》の人でしてねえ。河内のお正月の歌は、また、ちょっとちがうんです。

〽ぺったんぺったん
隣の餅つき音がする
音はするけど　こちゃくれん
嬶《かか》よ　待て待て　餅《あも》ついて食わそ……」

みな笑ってしまった。

「なんや、ほんまに正月みたいな気ィになってしもた。僕のは『年のはじめのためしとて』の替歌や。マリちゃん知ってるか」

「ふしだけ知ってます」

マリちゃんは皿を戸棚にしまいこみつついう。

中垣は歌う。「お常」が自分の家の茶の間みたいな気になってくる。

「〽年のはじめのためしとて
尾張名古屋の大地震
松竹《まつたけ》引っくりかえして大騒動
あとの始末は誰がする……」

マリちゃんは笑い、常子も嬉しそうであった。

味噌のいい匂いがたちこめ、中垣は幸福の予感にしびれる。

「これ、本当は、丸餅なんですけど、いまはもう切餅しかないのでごめんなさい。具の大根やにんじんも、雑煮大根いう、細いのを丸のまま切るのやけど、お正月過ぎたら売ってないから、大きいのを銀杏《いちょう》に切ってますよ、ごめんなさい」

「結構、結構」

中垣は敬虔《けいけん》に受けとる。春先に白味噌雑煮というのは妙だが、雑炊代りと思えばいい。

ともかくお汁《つゆ》を吸う。

まったりと重厚だが、舌から咽喉《のど》へ、吸いこまれやすい味である。白味噌に、ほんの少しかくし味風に赤味噌が入っているにちがいない。とろりとろとした味噌汁である。

これにはクリームスープの猥雑さはない。小麦粉で粘《ねば》らせたうさんくささはない。だしは牛肉を煮《た》いてアクをとり、そこへあらかじめ煮た野菜を入れて火を通してある。

牛肉のしつこさと、なめらかな白味噌がうまくとけあい、濃厚にして消化《こな》れやすい、物なつかしい味になっている。彩《いろど》りの蒲鉾《かまぼこ》がひときれふたきれ、塗りものの椀《わん》の中で浮き沈みしているのも嬉しい。

底に沈んでいるのは白い餅だが、これは大阪風にやると、別の鍋釜《なべかま》に湯を沸《わ》かし、そこでやわらかく煮《た》き、椀に沈めるのである。

いい餅だとみえて、とろりと長く箸の先に引かれる。

これは焦《こ》げ目のついた、皮のかたい切餅では白味噌とマッチしない。「世の中も人の仲も丸うに」というので丸い小さな餅をやわらかく煮たのを、白味噌汁の底に置くのである。

とろりと長くのびる、やわらかい餅でこそ、白味噌のおつゆとよく適《あ》うのである。

「一月に来たとき、これつくってもろたよって、今年は二回、正月したな」

と中垣はいい、今まで何年も雑煮を食べていなかったので、その埋め合わせや、と思ったりする。

椀の上に、水菜のゆがいたのが、切りそろえてのせられてある。

これが大事で、ねっとりと濃厚な白味噌、とろりと糸を引く餅、牛肉、小芋や大根などというもので、膜を張ったような口中を、すがすがしくしてくれるのが、青い水菜である。

あたたまって、腹がふくれて、酒のあとの〆《し》めとしては、白味噌雑煮に如《し》くものはないといっていい。

中垣は、須賀に逢った、などということはいわないでおこうと思う。

いや、もともと、いう気はなかった。ただ、須賀が若々しくみえるわりに、うしろ姿にちょっと老いを感じた、それを話したかったが、白味噌雑煮を食べてしまえば、もうどっちでもいいような気がする。古い句にいう、「背中からよる人の光陰」、みな背中から老いていくのだろうが、それとて珍らしい発見でも何でもあるまい。常子もそうであろうし、中垣もそうであろう。

「うまかった」

と中垣はしみじみいって、

「ママ」

「なんですか」

「いや、体に気ィつけや、いうとんねん」

「急に怪《け》ったいなこと、いわんといて下さい……」

常子とマリちゃんは笑い出す。中垣はおとなしい男であるが、軽く酔うと剽軽《ひょうきん》なところがあり、常子はそんな中垣が好もしそうであった。

「いやな、こういう、シジミとうまいもん食わしてくれる人は、この世の宝や。元気で居《お》ってくれな、あかんで」

家の女房《よめはん》にはいわないコトバが、かざり気なく出てくる。よめはんでもない他人に、かえってホンネが吐ける。

「フツーのオカズで、旬のものが食べたいねん、男は。——そやからこないして、おべんちゃらいうとんねん、愛してます」

「あ。ほんまにして聞いてましたのに」

「愛してるのはほんまでっせ」

「ふふ」

というて、色恋ではない。友情でもないか。——中垣は考え、かの「英語遣い」らのハイカラにくらべ、もっちゃりの自分ら二人の連帯感かいなあ、と思ったりする。劣情《れつじょう》ではあるまい、白味噌汁飲んで劣情が湧くわけない、すると同情やろか。しかし、若い女の子のほうに奔《はし》った須賀かて、「背中からよる人の光陰」……中垣は常子がうしろから着せてくれるバーバリのコートに手を通しつつ、うっとりしている。

解説

小川　糸

私がまだランドセルを背負っていた頃の話である。ある日、父は私を誘って近所のスーパーに出かけた。秋だったと思う。鮮魚コーナーでパックに入った時鮭を見つけた父は、これは焼いて食べると、特に皮がおいしいのだと言った。そして早速家に帰ってから、時鮭の切り身を焼いてくれた。飲兵衛《のんべえ》の父にとって、それは贅沢な酒の肴《さかな》だった。

父に差し出された時鮭の皮は、私がそれまでに夢中になって食べていた卵焼きや太巻き寿司とは、明らかに味のベクトルが違うようだった。カリカリとして香ばしく味に奥行きがあり、それは大人だけに許された隠微な匂いを醸し出していた。皮の旨さを知ってしまうと、身はあくまで皮のおまけのようにしか思えない。皮を食べたいばかりに、もっと切り身を焼いてほしいと思った。そして、残りものには福があることを、私はこの時身をもって知った。『春情蛸の足』には、そんな残り物的な魅力がたくさん詰まっている。

本当に、じっくりと味わいながら読める一冊である。そして読み終わったら、すっかりおなかがすいていた。自分で料理を作るのも楽しいけれど、やっぱりこういう時は、誰かに作ってもらった方が嬉しい。作ってくれる人が親しい人なら、そこには愛情がたっぷり入るから、それが心の栄養にもなる。

そうだ、これからうどんを食べに行こう。

「慕情きつねうどん」に出てくる「みよし」にも負けず劣らずいいうどん屋が近所にあるのだ。本当に美味《おい》しい物をいただくと、体中の細胞が一つ残らずバンザイをする。自分は今生きているのだ、ということを百パーセント実感できる。今すぐ、そんな生きる喜びを味わいたい。

私は、毎日贅沢なものを食べたいとは思わない。けれど、豪華ではないけれど、質素でも丁寧に作られた、ちゃんとしたものをいただきたい、とは思っている。

たくさんの手間と無限の愛情で作られ、しかも真っ当な値段であること。

私にとってはこれが、外で食べる時の「美味しい」条件。そしてこの本に登場するおでんやきつねうどん、すきやき、お好み焼き、くじら、たこやき、てっちり、白味噌雑煮も、やはりこっち側の美味しい食べ物だ。

人は、空腹になると怒りを覚える。hungry と angry はとてもよく似ている。極論かもしれないけれど、私は、おなかが満たされないから争いをするのだと思っている。けれど逆に言えば、多少の不自由はあれ、人はおなかさえ満たされていれば、幸せであるとも言える。食べ物には、人を根本から幸せにする力がある。

登場人物、特に主人公の男性達が皆、愛おしかった。

たとえば、表題作に出てくる杉野。彼は、幼馴染みのえみ子から、日曜日のランチを食べに来ないかと自宅に誘われる。えみ子は既婚者であるが、その日は旦那と姑が不在だという。その時点で行かない選択をしそうなものであるが、杉野は妻に嘘までついて、のこのこと出かけるのである。なぜなら、頭の中は「飯蛸」でいっぱいだからだ。幼馴染みが作ってくれる飯蛸に、期待と妄想を膨らませている。

けれど、えみ子が杉野に出したのは店から買ってきた飯蛸で、他に用意されていたのも出来合いのぬくぬく弁当だった。すっかり手料理だと信じ込んでいた杉野は、がっかりしてしまう。そこが、なんともかわいらしい。

しかも、えみ子に言い寄られた杉野は、結局土壇場で尻尾を丸めて逃げ帰ってしまう。そんな杉野に、私はなんともいえない人間臭さを感じたのだった。

杉野が求めているのは、理想のおでん。家に帰れば、妻の「汁気の足りない」食事が待っている。もはや、その現実を何としてでも変えようとは思わない。ただ、汁気のたっぷり含んだおでんを食べれば、心のどこかが救われる。それを求めて日々奔走する杉野は、とても健気で愛おしかった。

この本に登場する主人公の男性達は皆、本格的に妻を欺《あざむ》き、妻以外の女性とどうこうなろうとは思っていないのだ。ただ、社会ではサラリーマンや店の主として働き、疲れて家に帰っても決して安穏とは言えない現実が待っている。女達は一様に現実的で浅ましく、ズケズケと物を言う。時には、読んでいるこっちが恐縮してしまうくらいの、理不尽で辛辣《しんらつ》な言葉を言ったりする。

その一抹の淋しさを埋め合わせるため、会社から家に帰るまでの短い時間に、ささやかな楽園を求めている。これは、作中の主人公達だけでなく、多くの男性陣が多かれ少なかれ同じような境遇だろう。そしてそこに、幼馴染みとか元妻とか店のママとか、ほんのりと気心の知れた妻以外の女性がいるだけで、たいていの男性はシアワセなのである。

それでも、主人公達は決して自分の領分を踏み外さない。そこが、よかった。いかにも健気である。彼らは特に大きな幸福を求めているわけではない。所詮人生なんてこんなものよなぁと半ば諦め、達観の境地に至りながら、それでも自分の好みの味を求めて右往左往する。それくらいしか人生の楽しみはないが、それこそが人生における最大の喜びであるとも言える。

それにしても、この本を読んでいると、作者の食べ物に対する愛情と情熱がひしひしと伝わってくる。

「牛肉は砂糖をまず浴び、ついでだしと醬油をねぶらされて、ツヤツヤと幸福げな顔になっている」（「人情すきやき譚」）

「こんもりしたお好み焼きは、てらてらとソースを塗りたくられて、この上もない幸福そうな表情でいる」（「お好み焼き無情」）

「柔かく、それでいて素性のしっかりした歯ごたえがあり、魚肉とも獣肉ともつかぬ仄かなクセが、慣れると頼もしいのだった」（「薄情くじら」）

「豆腐をもっとやわらかに淡雪のようにして、舌に仄かな甘みと塩味を残し、消えてゆく。芳醇なポタージュのひとしずくのようである」（「当世てっちり事情」）

などなど。思わず、文字を追いながら、自分でも生唾をゴックンと飲み込みそうになった。

　気心の知れた人と湯気の立つ美味しい食事を共にすることは、この上ないシアワセなのだ。男女の仲というのは、何も体を重ねるだけが能ではない。同じ物を一緒に食べるだけで、親近感が生まれ、ほのかな情が芽生えてくる。食べ物は、人と人の距離をぐっと親密に近づけてくれる。

　私は、夫婦円満の秘訣は、相手の胃袋を牛耳《ぎゅうじ》ることだと思っている。家に美味しい食事さえ用意してあれば、きっとどこのご主人も最終的にはパタパタと尻尾を振りながら何があろうと家に戻って来る。だから、この本に収められた物語とは反対に、生涯を共にしようと思う男女の舌の好みが同じであることは、この上もなく幸運なことなのだ。そういう相手を見つけられたら、最高のシアワセである。

　随所に出てくる関西弁が心地よかった。関西弁は柔らかい響きで、読んでいるうちに、だんだん癖になってくる。私は東北の生まれなので関西には縁遠いが、この本を読んで、関西の男性、女性をほんの少し垣間見た思いがする。

　とりわけ、「たこやき多情」では、男女の掛け合いの場面で何度声を上げて笑ったことだろう。実の母親が息子に「アタマ禿げ出したら、女の子も寄って来え《け》へんのやデ！」とズバリ言うのも凄すぎるし、テル子があっけらかんと性の話題を口にするのも可笑しかった。特に最後のシーンで、テル子が四十過ぎの既婚者だとわかってからも、中矢がテル子に請求されたネックレスの代金二万円を律儀に払ってあげるところ。目くじらを立てて本気で怒るのも一つだけど、まぁまぁしゃあないなぁ、ひっかかった自分も悪かったんやし、と自分で自分を大らかに笑い飛ばすのも一つ。そういう対処の仕方が粋だなぁと思った。

そう、この本に出てくる男性達は、この中矢の例のように優しくてとても懐が深い。身に受けたすべての不幸を、一歩引いてすべて懐に収めようとする。それが逆に、男らしいのだ。

そしてどの作品も、タイトルのつけかたが絶妙である。八編すべてに入れられた「情」という字。

「春情」「慕情」「人情」「無情」「薄情」「多情」「事情」「同情」。

確かに食べ物のある所には、人の醸し出すおかしみや滑稽さ、憐れみが付随する。そこには、人間だけに許された喜怒哀楽、笑いや涙がある。こんなふうに食事を楽しめるのは人間だけだと思うと、つくづく人に生まれてきてよかったなぁ、と感謝したい気持ちになる。

あー、美味しかった。ごちそうさまでした。

そんなふうにお礼を言って、私は裏表紙をそっと閉じた。

収録　一九八七年講談社刊　一九九〇年講談社文庫
二〇〇一年ちくま文庫　二〇〇四年集英社『田辺聖子全集5』（3編）

|著者|田辺聖子　1928年大阪府生まれ。樟蔭女子専門学校国文科卒。'64年『感傷旅行（センチメンタルジャーニイ）』で第50回芥川賞、'87年『花衣ぬぐやまつわる……』で第26回女流文学賞、'93年『ひねくれ一茶』で第27回吉川英治文学賞、'94年第42回菊池寛賞、'98年『道頓堀の雨に別れて以来なり』で第50回読売文学賞、第26回泉鏡花文学賞、第3回井原西鶴賞を受賞。'95年紫綬褒章、2000年文化功労者に選ばれ、'08年には文化勲章を受章。小説をはじめ古典や評伝、エッセイ等著書多数。'07年にはデザイナーの乃里子を主人公とした『言い寄る』『私的生活』『苺をつぶしながら』の三部作が新装版として復刊され、世代を超えて女性たちの支持を集めている。

春情蛸《しゅんじょうたこ》の足《あし》

田辺聖子《たなべせいこ》

講談社文庫

定価はカバーに
表示してあります

2009年6月12日第1刷発行

発行者——鈴木　哲
発行所——株式会社　講談社
東京都文京区音羽2-12-21　〒112-8001
電話　出版部（03）5395-3510
　　　販売部（03）5395-5817
　　　業務部（03）5395-3615

デザイン—菊地信義
本文データ制作—講談社プリプレス管理部
印刷———信毎書籍印刷株式会社
製本———株式会社大進堂

Printed in Japan

ISBN978-4-06-276395-0

講談社文庫刊行の辞

二十一世紀の到来を目睫に望みながら、われわれはいま、人類史上かつて例を見ない巨大な転換期をむかえようとしている。

世界も、日本も、激動の予兆に対する期待とおののきを内に蔵して、未知の時代に歩み入ろうとしている。このときにあたり、創業の人野間清治の「ナショナル・エデュケイター」への志を現代に甦らせようと意図して、われわれはここに古今の文芸作品はいうまでもなく、ひろく人文・社会・自然の諸科学から東西の名著を網羅する、新しい綜合文庫の発刊を決意した。

激動の転換期はまた断絶の時代である。われわれは戦後二十五年間の出版文化のありかたへの深い反省をこめて、この断絶の時代にあえて人間的な持続を求めようとする。いたずらに浮薄な商業主義のあだ花を追い求めることなく、長期にわたって良書に生命をあたえようとつとめるところにしか、今後の出版文化の真の繁栄はあり得ないと信じるからである。

同時にわれわれはこの綜合文庫の刊行を通じて、人文・社会・自然の諸科学が、結局人間の学にほかならないことを立証しようと願っている。かつて知識とは、「汝自身を知る」ことにつきていた。現代社会の瑣末な情報の氾濫のなかから、力強い知識の源泉を掘り起し、技術文明のただなかに、生きた人間の姿を復活させること。それこそわれわれの切なる希求である。

われわれは権威に盲従せず、俗流に媚びることなく、渾然一体となって日本の「草の根」をかたちづくる若く新しい世代の人々に、心をこめてこの新しい綜合文庫をおくり届けたい。それは知識の泉であるとともに感受性のふるさとであり、もっとも有機的に組織され、社会に開かれた万人のための大学をめざしている。大方の支援と協力を衷心より切望してやまない。

一九七一年七月

野間省一

講談社文庫 最新刊

京極夏彦 文庫版 **邪魅《じゃみ》の雫**
昭和28年夏――。江戸川、大磯、平塚と続発する毒殺事件に対し、あの男が立ち上がる。

京極夏彦 分冊文庫版 **邪魅の雫(上)(中)(下)**
京極堂、榎木津らが活躍する百鬼夜行シリーズ最新作。三分冊されて、文庫版と同時刊行。

井川香四郎 **鬼《き》雨《う》**〈梟《ふくろう》 与力吟味帳〉
娘殺しの真相に逸馬が迫る。NHK土曜時代劇「オトコマエ！2」原作。〈文庫書下ろし〉

田辺聖子 **春情蛸の足**
「美味しい」と「恋しい」を求め続ける男たちの健気な恋愛短編集。笑って恋して腹が減る！

西尾維新 **ネコソギラジカル(下)**〈青色サヴァンと戯言遣い〉
ぼく達は、幸せになった――小説界に衝撃を与えた大傑作「戯言シリーズ」ついに完結！

福田和也 **悪女の美食術**
美しく食べる女《ひと》の人生には、すべてに歓びが約束される！ 講談社エッセイ賞受賞作品。

ヒキタクニオ **東京ボイス**
ヤクザに愛人、元アイドルに主婦。今日はボイトレ教室の発表会。東京の空に響く歌声。

上田秀人 **継承**〈奥右筆秘帳〉
駿府で見つかった家康の書付。覚悟の鑑定に向かう併右衛門に危機迫る。〈文庫書下ろし〉

中川一徳 **メディアの支配者(上)(下)**
フジサンケイグループの権力闘争を描く快著。講談社N《ノンフィクション》F賞、新潮ドキュメント賞をW《ダブル》受賞。

西村京太郎 **九州特急「ソニックにちりん」殺人事件**
政界進出を噂される元官僚が失踪した。捜査のため阿蘇に飛んだ十津川が政治の闇に迫る。

開高健
戦場の博物誌
開高健短篇集
解説=角田光代　年譜=浦西和彦
アフリカ、中近東、ヴェトナムでの戦場体験を結晶化した表題作を中心に、戦争小説四篇に、川端賞受賞作「玉、砕ける」を併録。〈行動する作家〉の珠玉の短篇集。
978-4-06-290051-5　かR2

林達夫
林達夫芸術論集
高橋英夫編
解説=高橋英夫　年譜=編集部
移ろう時代の風に常に反語的精神で佇ち、西欧思想を始め知の多領域に自由闊達に分け入った林達夫。「精神史」を中心にした〈芸術へのチチェローネ（案内）〉二十一篇。
978-4-06-290052-2　はK1

吉行淳之介
街角の煙草屋までの旅
吉行淳之介エッセイ選
解説=久米勲　年譜=久米勲
なにげない日常の暮らしや社会への思い、作品創造の原風景や、幼少年期の思い出、交遊など、犀利な感性と豊かな想像力を通して綴る滋味溢れるエッセイ四十七篇。
978-4-06-290053-9　よA10

曽野綾子　透明な歳月の光
蘇部健一　六枚のとんかつ
蘇部健一　六とん2
蘇部健一　長野・上越新幹線四時間三十分の壁
蘇部健一　動かぬ証拠
蘇部健一　木乃伊《ミイラ》男
蘇部健一　届かぬ想い
瀬木慎一　名画はなぜ心を打つか
宗田　理　13歳の黙示録
宗田　理　天路TENRO
曽我部　司　北海道警察の冷たい夏
田辺聖子　古川柳おちぼひろい
田辺聖子　川柳でんでん太鼓
田辺聖子　私的生活
田辺聖子　苺をつぶしながら〈新・私的生活〉
田辺聖子　不倫は家庭の常備薬
田辺聖子　おかあさん疲れたよ(上)(下)
田辺聖子　ひねくれ一茶
田辺聖子　「おくのほそ道」を旅しよう〈古典を歩く11〉

田辺聖子　薄荷草の恋《ペパーミント・ラヴ》
田辺聖子　愛の幻滅(上)(下)
田辺聖子　うたかた
田辺聖子　春情蛸の足
立原正秋　春のいそぎ
立原正秋　雪のなか
谷川俊太郎訳　和田誠絵　マザー・グース全四冊
立花　隆　中核VS革マル(上)(下)
立花　隆　日本共産党の研究全三冊
立花　隆　青春漂流
立花　隆　同時代を撃つI～III〈情報ウォッチング〉
立花　隆　生、死、神秘体験
高杉　良　虚構の城
高杉　良　大逆転！〈小説三菱・第一銀行合併事件〉
高杉　良　バンダルの塔
高杉　良　懲戒解雇
高杉　良　労働貴族
高杉　良　広報室沈黙す(上)(下)
高杉　良　会社蘇生

高杉　良　炎の経営者(上)(下)
高杉　良　小説日本興業銀行全五冊
高杉　良　社長の器
高杉　良　祖国へ、熱き心を〈東京にオリンピックを呼んだ男〉
高杉　良　その人事に異議あり〈女性広報主任のジレンマ〉
高杉　良　人事権！
高杉　良　小説消費者金融〈クレジット社会の罠〉
高杉　良　小説新巨大証券(上)(下)
高杉　良　局長罷免-小説通産省
高杉　良　首魁《しゅかい》の宴《うたげ》〈政官財腐敗の構図〉
高杉　良　指名解雇
高杉　良　燃ゆるとき
高杉　良　挑戦つきることなし〈小説ヤマト運輸〉
高杉　良　辞表撤回
高杉　良　銀行大合併〈短編小説全集(上)〉
高杉　良　エリートの反乱〈短編小説全集(中)〉
高杉　良　金融腐蝕列島(上)(下)
高杉　良　小説ザ・外資
高杉　良　銀行大統合〈小説みずほFG〉

講談社文庫　目録

2009年6月15日現在